清迈私游记

赵琦 著

SASSP

献给芥末。我们终会再见,在旅途的终点站。

美食：从一碗米粉汤开始	002
古城：古迹与建城	026
批发市场：平河边的传奇与唏嘘	042
色情业：弃欧投美与特色旅游	054
小书店：浮躁处处在，安定书店寻	062
南奔：坐着火车去女王国	078
佛寺：佛教在泰北	094
国王像：王权的经久不衰	130
落脚地：公寓、家庭旅馆、酒店与禅修中心	140

ONCE UPON
A TIME
IN CHIANG MAI

美食：
从一碗米粉汤开始

巷子里的米粉汤

清迈之前的泰境我只去过普吉岛，因陪同家中长辈，几乎日日中餐，对泰国食物的知识基本是一片空白。我对清迈美食的好印象始于一碗普普通通的平民早点——泰式米粉汤。

第一次抵达清迈，在住所对面的小巷子里，找到一家完全没有游客光顾的当地米粉汤早餐店，吸引人的除了大铁锅里正翻滚着的猪碎肉，还有店主夫妇二人和善的面孔和专注烹饪的神情。前一天吃的其实也是类似的东西，房东推荐了一家米其林上榜牛肉粉，下厨的是当地一位老太太。怎么说呢，她很精明甚至有点犀利，我本想点单品种的牛肉，不知怎么就被强卖了两种，于是隔天早上自然就绕道而行了。

米粉这种食品流行于中国南部和东南亚等盛产水稻的地区，英语称为 rice noodles，也就是用米做的面条。理论上所有用米做的各种宽窄条都叫米粉。关于米粉的起源，可以追溯到西晋少数民族内迁，在台湾地区的《新竹市志》上有这样一段记载："华人南迁闽浙时，仍以稻米榨条而食，即当今之米粉也。"听上去很合理，少数民族南迁，用南方的谷物做北方的面条。中国的水稻种植区主要分布于秦岭—淮河以南，著名的米粉食地往往也都在南方，江西米粉、桂林米粉、云南米线等，主料都是同一种东西。

泰国是传统的稻米出口大国，水稻在泰国历史上扮演着极其重要的角色。清迈作为泰北地区第一大城市，曾经是兰纳王国的都城，而"兰纳"一词即为"百万稻田"之意。泰国的华人移民也是因稻米而来，18 世纪，清朝人口出现暴增，对大米的需求急剧上升，因此将当时的暹罗（今曼谷及周边地区）作为大米供应地，南方华人开始移居暹罗做大米生意，形成最早的华人社区。如今，泰国的华人占总人口的 12%—14%。

© 除特别标注外,本书图片皆由作者拍摄&绘制

米粉汤早餐店 &
猪杂米粉汤

这家小店的米粉有宽、细两种选择，宽的类似于潮州粿条，似乎更轻薄柔软一些，细的是泰式米粉，吃口比较筋道，对我来说稍微硬了一点，所以就选择了宽粉。端上来后的第一口可以用惊艳来形容——汤头里加了鱼露，里面配的猪碎肉、猪心、猪肚和小肠都处理得干干净净，每一口吃到的都是食物鲜美的原味，让人着实意外。这利落的美食和看上去破破的门头形成了鲜明的对比，价格也实在是便宜得惊人，一碗内容如此丰富的米粉汤只要 50 泰铢（约合 10 元人民币）。

吃完这一碗热乎乎的汤粉，感觉浑身舒泰，隔天起床又径直去了。因为已是熟客——点完餐时老板笑着对我说"The same as yesterday"——胆子便大了起来，除了米粉汤还尝试了泰式柠檬茶。顺便提一句，在清迈的摊档、小店吃东西，店家一般都会给每个人一杯冰块和吸管，可以自行取店里提供的可乐、矿泉水等饮料来喝，买单时一并结算。这杯以碎冰打底的柠檬茶，一口下去立刻醒脑，茶的香气很特殊，味道极其浓郁，仿佛不想输给米粉那鲜美的汤头。这样一顿早餐吃完，感觉一天都心满意足。看着店主夫妇的样貌，猜测他们的祖先中可能就有从潮汕地区来做大米生意的华人。

路边的炸猪肉面

清迈的摊档食品在城里城外随处可见，一般看光顾的当地人多不多就能判断这个摊子好不好吃。这些摊头的味道有时候无功无过。一天，冒着大太阳从宁曼路步行到清迈大学，饿了就随便在路边一家小哥看上去挺和气的摊头坐下，随便点了一个虾仁炒饭。摊子有俩露天的液化气罐灶，大概三桌客人已经把小哥忙得团团转了。等半天，遂到对街的 7-11（全面占领了清迈便利店市场）买了一罐可口可乐，结果端上来的炒饭香喷喷的，配上可乐相得益彰。

也有意外惊艳的时候。某天从城西北沿着主干道 Huaykaew Road 往古城走，想去北门白象门夜市觅个晚餐，还没走到就已经饥肠辘辘。正在这时，眼前忽然出现了一家看上去人气特别旺的路边摊。一个大面锅，十几张四人桌，若干个服务员来回穿梭投递，原来是炸猪肉面，看到这么多人都等着吃这一碗便忍不住也坐下了。面是碱水面，比香港那种稍微软一点。但这炸猪肉的搭配实在是太香了，脆脆的猪肉，软硬适中的面条，简单鲜美的蔬菜面汤，吃完强忍住没要第二碗——前面不远就是白象门夜市了。结果，夜市让人大失所望，不论是烤串串、猪蹄饭，还是炸鱼，等等，感觉都是专供游客的。

当地美食有时得靠两条腿去发现，尤其到了异乡，好吃的特色食物都藏在普通的街头巷角，越是寻常越是有惊喜。看到不在闹市区却排队等饭的情况，一般就该去试一试了。

河东的异域食肆

除了偶遇，规划用餐地时我一般遵循两条线索来确定：一是行走路线会经过的地方，二是住宿地点周边——不太会特地绕道跑去某一个店吃饭。住在河东时，误打误撞进入了一个同河西风格截然不同的美食区域。

河东连着泰国北线铁路的终点站，和河西的老区相比是更晚近、随着铁路交通的到来而发展起来的新区。虽说是新区，但并不用担心它会很"宏大"，清迈就是一座很小的城市，看一眼地图便知，核心城区只有几条比较宽的主干道，其他的道路都细细碎碎地镶嵌在各条主干道之间，完全都是步行尺度的——这是清迈最迷人的特点，规划很弱、"野蛮生长"。当然，河东作为新区，更有序、更整洁，饮食上也更不 local（当地），各种异域食肆林立。

Shosan Ramen。安顿好的第一个午餐，就近走到了一家叫作 Shosan Ramen 的拉面馆。店看上去简陋又临时，屋顶大棚紧贴着一座建筑物侧面，和清迈其他的很多摊档、小店一样，有一种破破落落的美感，不知是身为外国人的滤镜导致的，还是我本来就不喜欢精致的环境。和典型的日本拉面馆一样，只有一排正对烹饪区的座位，可能最多只能容纳十个人。菜单上只有四种拉面，天热胃口一般，遂点了辣味豚骨拉面。不一会儿，右手边坐下了一位西班牙男子，也开始张罗点单。几份面同时上来了，吃一口面，喝一口汤，味道竟然又正宗又特殊，正宗的是汤、豚骨和面，特殊的是辣味原材料用了本地辣椒，新鲜而刺激——日式拉面里融合进了泰北最鲜明的味道。隔壁的西班牙人和我点的是一样的，他一边吃一边咂嘴，"so good...so good..." 直呼美味。聊起来，原来他是一个拉面粉丝，打开手机给我看他关注的好几个拉面博主，说经常会特意去吃他们推荐的面馆。

老板兼厨师是一位中年泰国男子，闲聊得知他从来也没有去过日本，他的拉面师傅也是当地人，因为在酒店的厨房工作学会了日式拉面，然后传授给了他。师傅本人在另一个地方开了一家日式咖喱饭，看了看地图怎么都不顺路，于是还是遵循了我选食地的原则并没有去。拉面馆就在住所小巷子出来的斜对面，后来几乎每天都经过这里，老板一直都是忙忙碌碌很努力，感觉他不只学会了日式拉面的手艺。法国美食家布里亚－萨瓦朗（Anthelme Brillat-Savarin）说过一句话："告诉我你吃了什么，我就能说出你是怎样的人。"改一下就是："告诉我你做什么餐，我就能说出你是怎样的人。"

Zinmè Tea House。河东最另类的早餐，大概要数沿河的这家叫作 Zinmè Tea House 的缅甸茶馆了。我是冲着它家油条去的，结果把佐卷饼的咖喱牛肉吃到要舔碗。首先让我非常惊讶的是这家店铺从外观到内装的审美。抬高了约 30 厘米的混凝土地面上直接落下一面宽大的玻璃窗，与木门利落交接。推门进去，自然的白色涂料墙面搭配造型都很质朴的木质桌椅，屋顶和靠门的墙面皆由老旧的木板制成，试图将人带去某个异域异地的时空之中。因空调冷气有点大，我们坐到了靠门的长桌前，桌上恰到好处地放着一株水生绿植和几样调味瓶。

按部就班依照提供的茶单选择了一款中规中矩的缅甸热奶茶，又抱着撞大运心理要了一份薄煎饼配牛肉咖喱，当然还有油条。奶茶的成分是红茶、炼乳和牛奶，本以为和日常喝的港式奶茶会很类似，结果一入口是令人惊讶的浓厚，红茶的部分纯度很高，对于我来说这么一小杯喝下去会有点小小的眩晕。油条挺一般，不脆有点韧劲，和奶茶的搭配倒是相得益彰。卷饼的牛肉咖喱实在是意外之喜，已经熬制到半成品牛肉咖喱酱程度的一小碟，混杂着牛肉和咖喱高度纠缠在一起的浓郁。奶茶喝得有点吃力，剩下了小半杯，可这咖喱的最后一点汤汁我都没舍得丢弃。

店员看样子都是缅甸人，着缅甸式日常服装，可以用英语熟练地沟通。清迈曾经属于兰纳王国，历史版图位于今泰国北部、缅甸东北、老挝西北和中国西双版纳的交界地区，其中和缅甸的纠缠颇为激烈。1767 年，缅甸人经由兰纳攻陷泰南暹罗政权的首都阿瑜陀耶，从兰纳攫取了人口、黄金和其他战争物资，清迈遭受重创缩减为一个村镇的规模，后被新的地方领主重建。而今，在泰国的缅甸人多为劳工阶层，因工资远高于缅甸本国而来到邻国务工，所以这家看上去缅甸文化和审美很到位的茶馆并不是一般劳工阶层的作品。而河边的食肆多为西餐和泰餐的融合菜，这家茶馆就显得格外另类。茶馆的名字 Zinmè 是什么意思？查了半天也没有得出一个可靠的结论，猜测与缅甸人对清迈最早的称呼 Zimme 有些关联。

Me & Bacon。几番早晨觅食下来，得出的结论是：清迈没有清淡的早餐。原因很快也想明白了，一是因为天气热，太清淡的东西不能引发食欲；二是劳动多，很多清迈人从事各种各样的体力劳动，不吃点硬早餐怕是无法支撑一上午的工作。甚至连我这样的游客，在这种环境下也很快适应了一早上的味蕾挑战，来 Me & Bacon 吃了最油腻、最高热量的一份早餐。

这个餐厅的环境曲径通幽，找半天没找到，原来是在一座老屋的二楼，太隐蔽了导致我直接穿过入口去到了后面的院子，转过头来往回看才发现楼梯口的橱窗里贴着一张餐厅海报——波普风格的，黄底色上一排排诱人的培根。

既然是以培根为主打，必须得点一份招牌丝滑炒蛋大培根（Big Bacon & Silky Eggs）。上桌后有点傻眼，量实在有点大：底层一片用自制面团做成的烤面包，中间一大团湿润鲜活的丝滑炒蛋，上面覆盖了一块煎得恰到好处的厚培根。还好在等待时到隔壁的 Building A 咖啡馆买了一杯冰美式，要不然看上去这么"硬"的早餐好像有点吃不完。

培根其实就是西式的腊肉，不论在哪个地方，想要让肉类拥有更长的保存期，人们都会发明一些方法，

Me & Bacon 入口处 &
丝滑炒蛋大培根

比如用盐来对肉进行腌制。普通食客一眼就能看出培根和腊肉的区别：水分含量不同。培根的含水量要远高于腊肉，经过简单的油煎虽然会蒸发掉一些水分，却依然能够保持一定的湿润度，作为早餐食用起来没有太多负担；腊肉的含水量很少，经常是和其他蔬菜一起爆炒，如果单独吃的话，需要蒸，也就是把水分重新补充到肉内。基于水分含量的不同，腊肉通常不需要冷藏就可以保存很久，而培根需要冷藏。腊肉作为中华美食的代表有很多流派，但是在市场上很难买到好吃如自家制作的。相比而言，培根则显得更加日常，在很多西方国家都是早餐主打肉制品。

还有一种说法，培根其实是中国腊肉"旅行"到西方的一种因地制宜的演化，从时间上看，的确是有先后很长的时差。先秦经典《易经》就提到"晞于阳而炀于火，曰腊肉"，意思是将肉放在阳光下晒去水分后放入火中烘烤，就叫作腊肉。腊这个字当时念 xi，和如今腊字的繁体字"臘（là）"并不是一个意思，前者指的就是干肉，而后者最早是与时间有关的祭祀名。"培根"的词源在英语中可以追溯到中古英语，即从公元 1066 年诺曼征服英格兰开始到 15 世纪末所通用的英语变种。从时间上看，培根的制作方法很可能是从东方传过去的。

我真的低估了自己的食肉能力，从第一口开始，培根佐鸡蛋面包就好吃到停不下来。厚切培根跟美式的薄切是完全不同的，这一块厚长的培根应该是来自一头好猪的背部，肥瘦分布合理，肉质紧实。一口下去，肉中所蕴含的香浓汁水立刻让整个口腔都

沉醉其中，肉汁和蛋汁交杂在一起的味道实在是太丰盛了，这才是培根搭配鸡蛋的精髓。另外必须要提及的是，隔壁 Building A 的美式相当不错，酸度刚刚好，完全中和了这一大块培根所带来的脂肪之略油腻。

Maadae Slow Fish Kitchen

Maadae Slow Fish Kitchen。另外一家不得不提的餐厅其实并不在河东，但因为只需要步行过桥便可抵达，就四舍五入被我算在了河东食肆区的一部分。这家唤作 Maadae Slow Fish Kitchen 的烤鱼店，在清迈应该是十分有名，一到饭点就高朋满座——位于一个小巷子，座位着实也不太多。

该店在网络上的自我介绍相当有水准，清晰而重点突出："在 Maadae Slow Fish，我们从春蓬和班武里府沿海人工作业渔民那里采购新鲜的海鲜。这些可持续发展的'慢船（Slow Boat）'渔民，在保护海洋生物多样性方面发挥着关键作用，他们不使用化学物质来保存捕获物。我们还尽可能使用来自全国及'慢食社区'的小规模有机和可持续种植者、生产商所供应国的当地时令食材和调味品。我们每天根据所能获得的时令海鲜和当地食材来提供菜式。"

还坚持去菜场买菜的朋友可能注意到了一个现象：当季和当地的食材已经越来越难以寻觅。照理说我们附近土里长的、地上走的、水里游的应该是餐桌上的主要食品啊。但吃的全球化，已经让"在地"成为一种奢求。与此同时，人们对于当地食材的了解已经在来自世界各地五花八门的选择前退化到非常初级的程度。顶多你会问一句"这是本地的蚕豆吗",但其实你是无法分辨真假的。

餐厅的名字已经包含了它的"慢鱼"理念。所谓的"慢鱼"就是鼓励要慢一点捕捞、等到时间再食用,使用可持续的捕鱼和食用方式,吃当季的和在地的鱼,了解和选择多样化的鱼类——如此,我们才能一直有鱼吃。这个"慢鱼运动"作为"慢食运动"(Slow Food)的有机组成部分,发源于意大利。有意思的是,"慢食运动"起源于 1986 年一场针对麦当劳在罗马市中心西班牙台阶附近开设分店的抗议活动。"慢食"实际上是试图保留或者重新建立人与食物之间的友好关系,以及人与当地通过食物所产生的经济与文化联结。尽管它听上去小众而非主流,但是一旦试图用这种理念去购买和品尝食材,将会用全新的视角来看待菜场和超市中所陈列的各种食材,慢慢地也将学会让自己和家人能够尽量地吃当季和当地的东西。这不仅有利于身心健康,也有利于经由食物重新找回我们的"家乡"。

餐厅的空间由三个部分组成,室内就餐区、室外就餐区和敞开的烤鱼厨房。室内满座,坐在室外,烤鱼的香味一阵一阵窜过来,油烟味也不重,等待的同时多了一份期待。菜单真的是很简单,只有主打的几种烤鱼、泰式菜肴和当地的一些蔬菜。点了一条名为金带细鲹（Yellowstripe Trevally）的鱼来尝试，以及一份当地当季的蔬菜。这条来自春蓬、班武里东岸的鱼，只是用一些盐慢烤了一下就十分鲜美了，肉质紧实不肥腻，相当可口。应季的蔬菜我认不得是什么，也只是用盐和一点腌鱼调味，满嘴都是新鲜的味道。比起我们日常会食用的常规类海鱼，这一餐的"慢鱼"真的在我心里种下了"慢食"的种子。

MAIIAM CAFE。最后这一家是意外的美味，毕竟它只是美术馆附带的咖啡厅。MAIIAM 当代艺术博物馆（MAIIAM Contemporary Art Museum）在清迈市郊，相当偏僻。早到了 45 分钟，去周边村子里步行了一阵子。开门后进去看完一层的展品，就感觉需要补充点能量才有力气继续上楼参观。到咖啡厅坐下，点了两份餐——漫不经心地看了看菜单，避开常规，我点了咖喱牛肉可颂，旅伴则是牛脸肉意面——虽然菜单上有一些不一样的选择，但谁会对美术馆咖啡厅的简餐抱有太大期待呢？

咖喱牛肉可颂来了，一口咬下去——什么？怎么这么好吃！现做的泰北风味咖喱牛肉热腾腾地夹在松脆的可颂面包中间，这种泰西合体的创意着实

MAIIAM Contemporary Art Museum

给味蕾带来了十分新奇的体验。就着味道也相当不错的泰式奶茶，我兴奋地朵颐起来。两分钟后，旅伴的炒意面也来了，我在她的脸上看到了同样惊奇的表情。尝了一下，这份意面也是很不一般，牛脸肉炖得恰到好处，意面是用干辣椒、九层塔和牛肉汤（我猜）炒的，滋味丰富令人欲罢不能。这不可能啊，这只是一家美术馆咖啡厅啊，价格也低得和品质严重脱节。吃完盘中餐忍不住又去买摆在柜台上的手工饼干，边付款边向服务人员和主厨（忽然路过，是一位年轻的泰国胖小伙儿）表达了欣赏之情。可能是经受不了我这般热情洋溢的称赞，餐厅经理空闲时就走到我们的餐桌边坐下，聊起了这里的故事。

凭着自己的一腔热情，经理说服了美术馆老板不要关闭生意不好的咖啡馆，她招聘了新生代厨师，共同研发菜单，坚持为不多的客人提供高品质餐品。她会观察每个客人吃第一口时脸上的表情，以及用餐完毕后盘中的剩余情况，根据她所理解的客群特点，把泰北的一些地方风味和西式简餐进行某种创意性的融合，于是就有了我们吃到的"泰北"咖喱牛肉可颂和"泰式"炒意面。我一时无法理解为什么餐厅经理对食物本身的热情如此之大，原来她不仅仅负责餐厅，还负责整家美术馆的运营，这样我就明白了：这里的展品、礼品店选品和餐厅的餐品体现出一种追求自身独特性的统一思路，故而并不会因为食客不多而降低自我要求，过程中的乐趣被置于很重要的位置。这与清迈的自由生活氛围也十分相关，这里的很多人会很容易对一件小事情投入极大的激情和想象力，哪怕只是在路边做一个炸肉面、打抛饭，常常能贡献出很极致的美味，这是社会环境赋予个体的一种能量。更奇妙的是，食物可以将这种能量在人与人之间传递，煎炸烹炒间是对生活本身的理解和探索。

清迈的菜场

清迈人日常好像也很少自己在家里做饭，除了餐馆，不论是菜场还是夜市，甚至各种路边，都有摊贩卖各类熟食——在闹市区，在很偏僻的地方，永远也不用担心没饭吃，有时候途经的住家门口就支着一个小摊，摆着各种吃的。这些熟食的涵盖范围广泛，包括鸡肉猪肉类炸物、各类小吃，还有就是用一个一个小塑料袋子装着的泰国家常菜，口味通常比较重，混杂了辣椒和各种香料，典型热带地区的饮食风格。

© 芥末

清迈的菜场

对于比较容易上火的人来说，如果要常住清迈，一直吃外食会有点难堪重负，此刻菜场就必须登场了。

常去的一家当地菜场在松德寺附近。菜场分成三大部分，第一大部分是非生鲜食材类，包括鲜花、果干、炸物等。清迈人日常太喜欢吃油炸的东西，常见的鸡、鱼、猪肉常常都以油炸的方式做好销售，菜场的这些东西尤为丰富。销售摊档最多的炸物，是一种叫作香脆炸猪皮（Kab Moo）的食品，这是泰北传统食物，尤以清迈的最为出名，以带油脂或不带油脂的猪皮下锅炸到膨胀酥脆，大约也是一种分子美食。经过时总忍不住要尝一口，但尝完实在无法下定决心买回去——太油腻了，吃一口就足够解馋了，摊主也并不会因为我尝了没买而不高兴，下次见到我依然热情地邀请品尝。

第二大部分则是蔬菜生鲜类。这个菜场规模比较小，肉类和水产不多，早上去的时候可以买到少量品类。如果想要更多的选择，需要去更大的菜场，比如孟买市场，或者到生鲜超市，那里可以买到冰鲜的海产品。这里蔬菜的销售很有意思，它不是一种蔬菜卖一大份给你，而是会给一个小篮子，自己挑选多种蔬菜再去一一称重。可以买俩小茄子、三个香菇、一根胡萝、一团小包菜，摊主再给你送几根小尖椒、

清迈的菜场

打抛叶什么的，回去切一块三文鱼，就是一锅健康的炖菜。品种不算多，但都非常新鲜。有一次去宁曼路的一家生鲜超市买了一堆蔬菜，结果味道远不如菜场的好吃。究其原因，小菜场大约是从瓦洛洛那里的蔬菜批发市场进货（后文将会提到），批发市场的菜是一车一车拉过来的当地或周边地区的菜；而生鲜超市有很多"全球化"的进货渠道，运输链一长，没有熟的蔬菜和水果就被提前采摘送到消费者面前，味道自然就差强人意了。我定点光顾一家菜摊儿，卖菜的大姐是一位很和乐的女士，她的脸上没有一点生意人的狡黠，就像在清迈见到的大多泰人一样，很开朗很友善，她常常往我的篮子里面多放一些香料，或者赠送一小把芹菜给我，我都一一笑纳，回去便尝试着将它们放在菜肴里，入乡随俗增加一点泰北风味。

再者就是水果大类。清迈的物价很低，尤其是水果。水果摊通常都在菜场外围，需要的只是去辨别哪些是当地应季，那些是外来品种。应季水果一般都新鲜便宜又好吃，比如山竹，50泰铢一公斤（约合5元人民币/斤），长得小小的土土的，剥开来一入口立刻尝到甜中略带酸的超级美味；还有橘子，也是小小的绿绿的，但味道鲜甜。总之就是当地产的水果，龙眼、杧果、红毛丹、榴莲，只要到了季节，就可以闭着眼睛买，一定不会让人失望。

猜想泰北水果的种植是小规模家庭农园经济为主的，有一次坐长途车去夜丰颂，一路上也没有见很大规模的农田果园。所以这些水果吃上去都很"当地"——吃得出来某种和果农的直接连接，而不会联想到大规模现代化的种植技术手段。说起来有点神奇，但人的味蕾可以品尝到的东西远远不只是酸甜苦辣咸。

古城：古迹与建城

清迈古城实在是一个很特别的地方。一半是寺庙——几乎走几步就会到达下一座金碧辉煌的佛寺，通常都处于不断翻新的过程中；一半是联合国式的混杂生活方式——泰国人和游客、外来定居者以旅游经济为纽带，共同生活在这个 1500 米 ×1500 米的正方形空间里。好像很临时，主街上来来往往的人从肤色到服饰五花八门；又好像是永久性的，每个人在这里都显得如此怡然自得。

进城：塔佩门

古城坐西朝东，东边的塔佩门（Tha Phae Gate）是必去的景点，就好像去北京故宫必经午门。虽然号称是古城唯一留下的城墙遗迹，塔佩门和左右连着的城墙其实是 20 世纪 80 年代按照历史原型复建的，在形式上合理推论多少会保留一点 1296 年清迈建城时城门的模样。

在泰语中，Tha 意为"港口"，Phae 意为"水上住宅"，一听就知道原来这个地方是一座贸易船只云集的港口，但是塔佩门距离清迈母亲河平河尚有一公里多，为什么这里会是一个港口呢？其实是因为清迈古城原来是有两道城墙的，内城砖墙、外城土墙。和中国古籍中所说的"筑城以卫君，造廓以守民"（《吴越春秋》）原理类似，统治阶级住在内城墙内，平民住在内城墙和外城墙之间的区域。东边的塔佩门原有内外两座，现在留下的这一座是内塔佩门，"水上住宅"云集的"港口"显然是在更靠近平河的外塔佩门，它原来的位置是在现塔佩门往东约 1 公里、平河上的 Nawarat 桥附近。这座外门在 19 世纪末已被拆除，所以内塔佩门就把"内"字去掉直接更名为"塔佩门"。这也解释了为什么清迈最大的批发市场都集中在 Nawarat 桥附近的河西岸，因为此地曾经就是清迈古城外城门与贸易之河平河的连接节点。

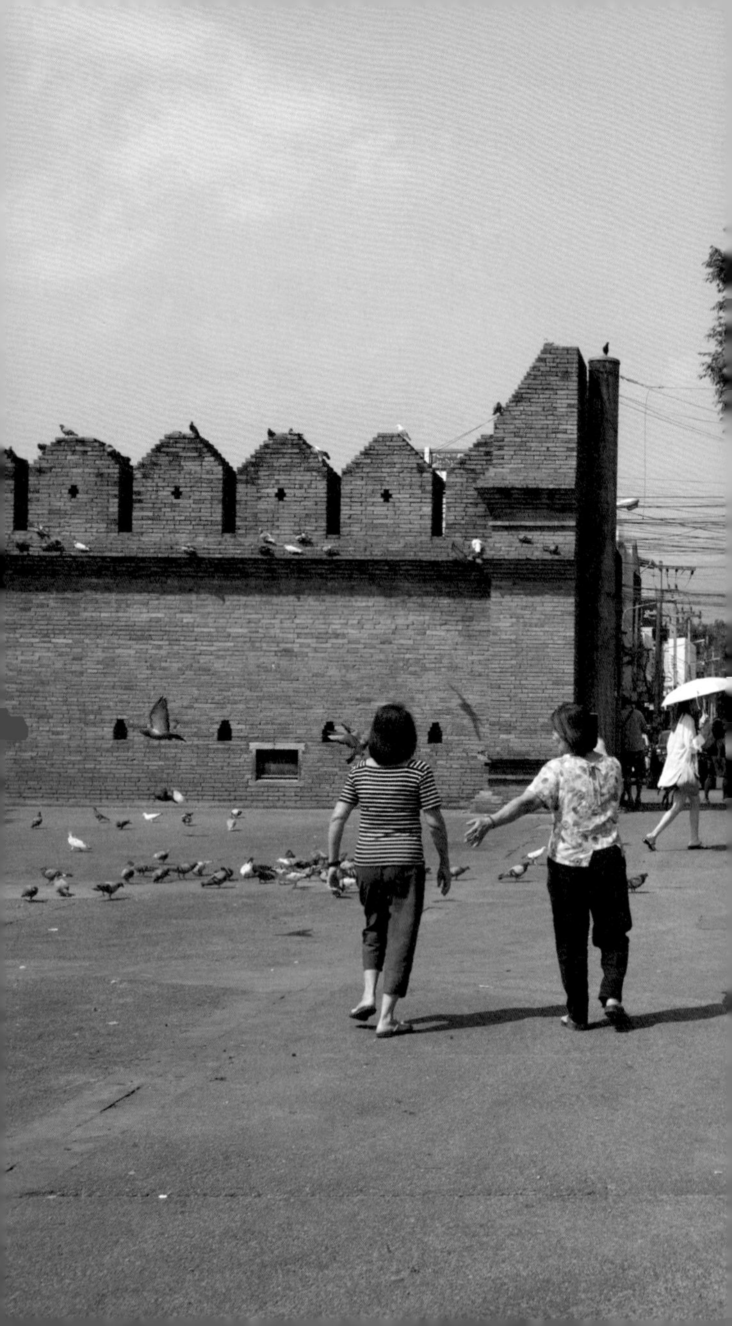

塔佩门

这座塔佩门及城墙给人的第一印象就是由红砖堆砌起来的细密结构。红砖之间以水泥砌缝,木质的城门看上去已经步入风烛残年,底部的木头许是因为下雨积水局部腐烂,以金属件箍之。东南亚地区的土壤类型属于红壤,因此我们会看到很多纪念性的

建筑都以红砖为建筑材料,色彩鲜明。

据说清迈古城墙的建筑融合了兰纳和缅甸的风格,这一点外行人难以论断。从外观上看,门的结构和一般古城的门是一样的,由正门、城垛和城墙三个

塔佩门内城墙

部分组成,形式上最有特点的是城墙上的女墙——这里出现了一个性别歧视的建筑构件,指的是城墙上呈凹凸形状的矮墙,中文中这么命名是因为古代丈夫为尊,女子为卑,"言其卑小,比之于城,若女子之于丈夫也"(《营造法式》),所以相对于宏伟的城墙主体"男墙",这防御构件的矮墙就叫"女墙"。塔佩门的女墙极具装饰性,好像是城墙上镶的花边,如果不是因为每一片上都有一个给弓箭手使用的小开口,会觉得整座城墙没有那么威严反而很温柔。

如今塔佩门的卖点已经变成鸽子广场,游客都拿着相机在鸽群中摆拍,时而有人用硬物在地上擦划引发鸽群的飞舞逃散,气势颇为壮观。晃进城去,直接拐到街角一家叫作STORY的西餐厅坐下,点完单恰巧坐在门外走廊的客人走了,于是迅速从室内转往室外,坐在塔佩门斜对角看人来人往。城门内侧设有上城楼的楼梯,只是楼梯尽头被栅栏封死,游客不得入内,于是常有几个人或坐在或站在楼梯的台阶上。街上常有西方白人中老年男子骑着摩托车怡然驶过,仿佛身在家乡,着黄色僧衣的僧侣亦时常出现在街头,毕竟古城区寺庙云集。

城中：三王纪念碑背后的清迈建城史

在城中随便溜达溜达，一定会经过一个景点叫"三王纪念碑"，坐落在清迈文化艺术中心前面的广场上——这个广场大概是高密度的清迈古城里唯一的公共广场，傍晚的时候经常会有帅气的泰国少年在那里练习滑板。

"三王"中间的这一位是清迈的缔造者——芒莱王（King Mengrai）。要探究清迈的建城史，不得不提以清迈为首都的兰纳王国（1292—1892年）。13世纪的泰北地区小城邦林立，生于湄公河河畔恩央（今泰国清盛）的芒莱王，父亲是当地统治者，母亲是傣泐城邦景陇（今中国西双版纳景洪）的公主。野心勃勃的他通过武力征服、结盟等方法来扩张他的王国，1281年设计击败了当时富庶的哈里奔猜（今南奔），1296年开始建造清迈并最终迁都于此，兰纳王国逐渐成为湄南河水系上游流域占主导地位的邦国。

兰纳是"百万稻田"的意思，在中国古籍中，这个地方被称为"八百媳妇国"。《新元史》记载："八百媳妇国"彝语称之为"景迈"（清迈），传说该国国王有八百个妻子且每个妻子都镇守一个山寨——其实是因为该地区历史上有很多女王统治的大小政

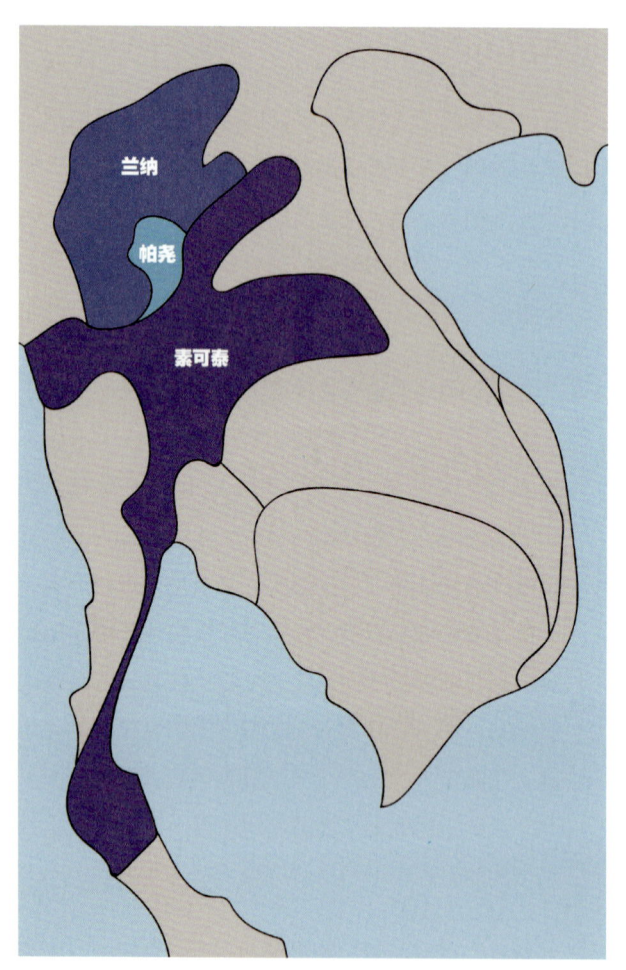

© 参考资料：Nicolas Eynaud / wikipedia

13 世纪兰纳、帕尧、素可泰位置示意图

权。兰纳的位置很特殊,所以一直为兵家必争或战事必经之地。

三王纪念碑上,芒莱王右边是当时和兰纳结盟的帕尧王国(1094—1338年)的南蒙王,左边是素可泰王国(1238—1438年)的兰甘亨王。南蒙王是前国王的女婿,国家在他的带领下走向了最繁荣的时期,但由于夹在强大的兰纳和素可泰之间,帕尧最终还是被吞并。另一位兰甘亨王则大有来头,他在位时期扩张了素可泰王国的版图,创制了泰文,正式以上座部佛教为国教,被后世尊称为兰甘亨大帝。

这位兰甘亨大帝的重要性却是源自一段发生在19世纪末的历史"悬案"。当时,为了应对西方殖民主义在暹罗(当代泰国的前身)的影响,暹罗必须构建自己的"民族国家",统治阶级开始明白"历史"的重要性,尤其到了蒙固(拉玛四世)和朱拉隆功(拉玛五世)时期。蒙固1833年出家为僧时,在素可泰城发现了一方石碑,形为粉砂岩制锥顶四方柱,高114.5厘米,因石碑上四面刻的内容为兰甘亨大帝本人口吻所叙述的他的事迹,所以这块石碑被称为"兰甘亨石碑"。石碑的重要性在于它是已知最早的泰文文献(1292年)。朱拉隆功在位时成立了古文物学会专门编写暹罗史,他的儿子瓦栖拉兀（拉玛六世）带着蒙固发现的碑文文本访问了素可泰，并将素可泰定为"泰人的第一个王都"。也就是说，兰甘亨石碑是"泰"历史的起点，具有非常重要的历史地位，而后人对这位兰甘亨大帝"文治武功"的许多认知也主要来自这块他自述的石碑。然而，1986年，美国东南亚史学家迈克尔·维克里对该碑文的真实性进行了质疑，后来更有人进一步认为石碑是发现者拉玛四世伪造的。如果蒙固真的伪造了这块石碑，那说明他真的是深谙"历史"之道了。

这三位国王为什么会同时出现在清迈建城史上呢？这得说到13世纪蒙古帝国的扩张，成吉思汗和他的子孙在一百多年时间内迅速将蒙古帝国扩展为连续性版图最辽阔的国家，向南直逼今东南亚地区。因此在1280年，芒莱王和兰甘亨王、南蒙王缔约，共同反抗扩张中的蒙古帝国以保卫他们的国土，从而掀起了兰纳王国历史上的一个高峰（兰纳处于抗击蒙古人的最前沿地带）。可想而知，在当时的历史背景下，三位国王共同抵御外敌，关系是很紧密的。1296年清迈建城时，芒莱王也征询了两位朋友的意见，故而有了三王共同选址建城的故事——当然，我们也必须得清楚，三王建城是一个故事，其真实性已无从考证。1984年1月30日，拉玛九世携王后主持了三王纪念碑的揭幕仪式,以纪念历史王权的形式来为当下的王权背书,泰王室一直屹立不倒不是没有原因的。

围城:护城河边的城门与城墙残垣

清迈之前,兰纳的王都在现清迈城外东南五公里处平河边的衮甘城(Wiang Kum Kam),因这个地方数次遭遇洪水,芒莱王只好再次迁都,选定了素贴山与平河之间的这一块风水宝地。城市规划基于当时的军事和天象理论,城墙被认定应当布置为 1800 米 x2000 米的矩形,环绕它的护城河应宽 18 米。依照这个数据去比对古城外围目前的实际状态,护城河内的古城现在基本呈正方形,与正南北略有偏差,边长约为 1500 米(谷歌地图测量),护城河也没有那么宽,不知是建造时的误差还是历史地形变迁导致。

因为古城处在清迈市的中心位置,而东西南北皆有可逛之处,所以每天都会经过古城或者是回到古城,陆陆续续地借助步行或其他交通工具把古城的外围都经过了一遍——就发现其实古城的城墙"遗迹"并不只是在塔佩门,围城的四个角上都保留了城墙的残垣，看上去比塔佩门还要旧，一查，最后一次复建的时间（20世纪60年代）的确更早一些。

除了四面城角在20世纪重修的旧城墙，围城四周还有五处在原址重修过的城门。东边的塔佩门前文已介绍过取名的由来，目前基本上是承担打卡点、演出广场和游客集散中心的功能。西门叫松德门（Suan Dok Gate）。Suan意为"公园"，Dok是Dok Mai的缩写，意为"花"，这道门当时通往一座皇家花园，现在门外不远处是著名的松德寺。

北门一开始叫Hua Vieng Gate，Hua意为"头"，Vieng为"防御"，后来改成白象门（Chang Puek Gate）。改名的原因有两个说法：一说清迈第八代国王从锡兰（今斯里兰卡）引入了佛教新教派，来自哈里奔猜的一位僧人向国王赠送了一些佛舍利，为了确定最吉祥的埋葬舍利的圣地，国王将舍利子放在白象背上的轿子中任其行走，白象从北门出发走到素贴山往上，最后在现双龙寺的位置停了下来；二说还是这位国王，他的儿子当国王的时候率军远征素可泰，结果遭遇大败，险些丧命，被两位忠实的仆人营救，轮流将其扛在肩上安全返回清迈，国王为了感恩赐给两人皇家头衔Khun Chang Sai（左边的大象）和Khun Chang Kava（右边的大象），

清迈古城位置 & 城门示意图

并建造了两只白象纪念碑放在北门两侧,因此该门更名为白象门。

东西北门都位于该段城墙的中间,南边中间没有城门,左右则各有一道。右边的清迈门是芒莱王筑城所建的最后一道门,原名为 Tai Vieng Gate(最后一道门),更名为清迈门(Chiang Mai Gate)的时间及原因不详。西边的松朋门(Suan Prung Gate)则是清迈建城 100 年后的另一位国王所开,原名 Suan Ra Gate,之所以开门是因为其王后不喜欢住在城里而在城外西南方的 Suan Ra 区重新建造了宫殿,王后通过这道门去督造该宫殿的建设。后来,这道门的用途发生了变化——统治者在此门处决叛乱分子，因此更名为 Suan Prung Gate，Suan 除了公园的意思外还有一个意思是"对抗"，Prung 意为"腹部"，据说当时的死刑犯在这里被矛刺入腹部后任由其慢慢死去。

除了如今依然能够看到的上述五座城门，清迈古城历史上还曾经开过第六道门，当时的国王 Tilokraj 觉得从皇宫到平河的路线太长，于是直接在东边又开了一道门缩短距离，这道门最早以所在区域的名字命名，叫作 Sri Poom Gate，后更名为 Chang Moi Gate，意为沉睡的大象。不知道是什么原因，该门后来并没有被复建。

自 1296 年建城，清迈的城墙历经百年沧桑和战乱，一直也是修了又毁毁了又修，到了 1801 年，Phra Chao Kawila 王统治时期被重新大修了一次。然后就到了 20 世纪 40 年代，日军为了修路到拜县，把清迈城墙拆掉为筑路所用。拜县连着拜河，是日军"二战"期间运送物资和武器到缅甸的重要水路。如今这 20 世纪重建过的五座城门和城角已然又披上了时间的痕迹，围着城里随处可见的寺庙，一同构成了清迈古城最有历史感的风景线。

塔佩门（城内视角）

批发市场：
平河边的传奇
与嘈嚷

城东边是清迈的母亲河——平河。平河发源于清迈府北部与缅甸接壤的山区，是泰国第一大河湄南河（昭披耶河）的三大主要支流之一（另二为"楠河"与"永河"）。支流发源于泰北山地，在泰国中南部那空沙旺附近交汇 40 公里后到猜纳附近分为两支，西支叫他真河，东支即湄南河。湄南河穿过曼谷直到暹罗湾，是东南亚最大的河流之一，流域面积约占泰国国土面积的三分之一。

河边一般是老市场的所在地，河运时代物产在此汇集分散，清迈最古老的批发市场依河而生。在前文中已经说过，清迈古城原来有两道城墙和相应的城门，外塔佩门的位置就在平河上的 Nawarat 桥附近，是水上运输的集散地，故而现在清迈最大的批发市场都位于旧时外塔佩门附近、Nawarat 桥的北面沿河地带。

最著名的是瓦洛洛市场（Warorot Market），为泰北最大的市场。走到邻近的街区，丰盛的物资已经开始堆叠，各种店铺和摊档的商品满坑满谷，对眼睛的考验极大，连我这种购买欲极低的人都感觉到心旌荡漾，每走一步都是扑面而来的商品和人群，颜色浓郁，气氛热烈。市场分好几层，看上去十分古老破旧，但几乎囊括了所有生活小商品，这些东西通过这里流转到清迈的各大市集，从吃的到用的一网打尽。

之前去城北一个相对高端、文艺的 JJ Market，看到一些泰北当地布料制作的服饰和生活产品，觉得纹样很有特点，结果在瓦洛洛找到了布料的源头——一家叫作 Rinlaya 的布店。一开间的小店陈列着几百种质量上乘的布料，光是白色的棉麻就有几十种之多，厚薄织法都各不相同，大部分为手工织造，布面上留下很多人工痕迹和独特柔软的质感。布料以英制码（yard，1 码 ≈ 0.9144 米）为计量单位，价格大多都不贵，80—200 泰铢 / 码，个别比较复杂的会超过 200 泰铢 / 码。幅宽有些差别，手织布

较窄，买一块 200 泰铢 / 码的手织布来做餐桌桌布，大约就是 80 元人民币，非常超值。

瓦洛洛东边的龙眼树市场更具特色，是一个大型的花卉批发市场。第一次从这个市场经过，是走过它沿着平河的那一排店铺，当时的感觉——清迈密集

Rinlaya 布店

的寺庙里所供奉的各种鲜花原来都来自这里。

泰国人大约是世界上最喜欢"借花献佛"的佛教徒，这里的"借花献佛"并不是如今引申的"借用他人的东西来作人情"的含义，而是最早出现该典故时的原始含义。这个成语出自南朝宋·求那跋陀罗《过

龙眼树鲜花市场

去现在因果经》，记载一个名叫善慧的婆罗门弟子在参访莲花城途中，听说燃灯佛即将到来，于是想以鲜花来供养燃灯佛，不料这个莲花城国王已抢先一步将城里所有鲜花都收走用来供养燃灯佛。善慧走遍全城找不到花，焦急时身边经过了一个年轻的婢女。这个女子怀里藏着插有七枝青莲花的瓶子，因为善慧求花的诚心，这些莲花竟然跃出瓶外被他看到。善慧恳求婢女卖花于他，婢女被他的诚心感动，送给他五朵青莲花，另外两朵则托善慧帮她拿去献佛，为自己积功德。除此之外，她要求善慧答应在他未得道之前，两人生生世世结为夫妻。善慧如愿借花献给燃灯佛，燃灯佛告诉他日后必可成佛，号为"释迦牟尼"，而赠花的婢女就是释迦牟尼成佛前的妻子耶输陀罗的前身。

走进清迈的任何一家寺庙，都能看到各种各样自然生长和手工编织的花朵，其中尤为耀眼的是泰国的国花"阿勒勃"，它的英文名字 Golden Shower（黄金雨）更好地表现了这种花的特点，每年 3—5 月，阿勒勃树的树梢就会开满瀑布般的黄色花朵，就像是一串一串的黄金铃铛。泰国人在 2001 年将阿勒勃定为国花，一是因为金黄色是前任国王普密蓬（拉玛九世）的出生日期象征色，1987 年为了庆祝该国王的六十大寿，泰国在全境内种植了 99999 棵阿勒勃树，所以一到季节金灿灿的花朵就在泰国随处可见；二是因为金黄色也是佛教的象征。除了阿勒勃，泰国人还喜欢在寺庙中供奉莲花、白色茉莉，以及另外一种黄花——象征尊贵和皇室的万寿菊（Marigold），这种花常常被做成各种花串摆在寺庙的各个角落。

泰国人在生活中也特别喜爱鲜花，尤其擅长编织各种各样美丽的花环和复杂的花艺观赏品。同日本花道更加注重与内心对话以及深层思索的风格不同，泰式花艺充分融入了东南亚美学外放和繁复的特点，

本头公庙中正顺香戏班演出前准备

看到那些色彩亮眼、编制复杂的花艺作品,会想到泰国美学的其他形式:奢华繁复的寺庙建筑、五颜六色的泰餐,等等。一切都是艳丽、缤纷、热情的,花艺的表现自然也不例外。当然,这些都属于传统文化的特点,泰国的当代艺术趋于现代的简洁。

在河边的鲜花市场闲逛,忽然冒出来一个潮州戏班,就在熙熙攘攘的路边化装备演。再抬头一看,大名鼎鼎的清迈本头公庙就在眼前。东南亚华人的宗教信仰,除了西方宗教,从属于中华民间信仰系统的有两大类:一类是直接从中国传来的(最早的源头不一定是中国),比如佛教、道教、关公,来自南方沿海地区的民间俗神清水祖师、水尾圣娘、海神妈祖等;另一类则是在中国民间信仰基础上衍生出来的、中国本土没有的在地性信仰,比如三宝公(郑和)以及本头公庙所供奉的本头公。本头公作为南洋华人自创的神明,一说是郑和船队中的一员,另一说是《水浒传》中的浪子燕青,总而言之乃是华人移民的先驱。清迈的本头古庙始建于 19 世纪,已经有 150 多年的历史,当地华侨不断出资修建、修缮,使之成为清迈华人的信仰中心,走进去便知这里的香火有多旺。

庙里好不热闹,除了络绎不绝的香火客,还有一排贩售华人小吃的摊档。戏台已经搭好了，本次来演出的戏班是著名的中正顺香。泰国是潮州戏的第二故乡，20世纪三四十年代，曼谷的五大戏院被潮州戏班包演，其中就有西湖戏院的中正顺香。在平河边看到这番热闹的华人文化盛会，令人相当惊奇。

原本以为河边的市场就集中在瓦洛洛附近了，谁知道只是泰国旅游局的宣传和过往游客浮光掠影式的记录造成的误解。隔了几天从TCDC（泰国创意设计中心）出来往回走，走到一个十字路口就换了方向拐到通往平河边的路。这随性的决定把我带往了清迈最大的蔬菜批发市场。市场的景象让我惊呆了，巨大的空间里面没有任何摊位设施，而是停着一排排小货车，车上装满了蔬菜，想必是直接从田间运来的。每一辆车上一般都只集中了一种蔬菜，偶尔有两种及以上。人们站在车上劳作，把散装的蔬菜挑拣后用一个一个透明的大塑料袋按份量装好就地销售。卖生菜的就站车上的生菜堆里把一棵棵生菜外面老的、坏的叶子一一去掉后装袋堆在车边。土豆则是按照个头大小分别装袋，袋子的上写着ABC字样以示区别。价格低到令人震惊，一大袋看上去有十公斤重的姜只要120泰铢（约合人民币24元）。来采购的买家都开着一种右边是座位，左边有一个超大金属筐的小型机动车，一车满载感觉可以装上

蔬菜批发市场

© 芥末

蔬菜批发市场

一百斤蔬菜。这些采购车就在市场里面穿梭购物，估计来自全城的小菜场和大餐厅。

车的运营方看上去都是携家带口的，有很多孩子跟着父母傍车而息。最特别的是几乎每一辆车的货区都搭了一个临时的吊床。正值午休时分，交易并不繁忙，吊床里或躺着大人或大人和孩子挤在一起，这生活看上去着实艰辛。路过一辆卖白萝卜的车，父亲在吊床里睡着了，一个看上去两三岁的小女孩坐在吊床里好奇地看着拿着相机的不速之客，表情毫无孩童的轻松，让人心中不免叹息生在底层劳动者家庭的孩子要如何才能打破这可怕的阶级桎梏。清迈有很多努力工作的人，但这个市场让我看到了努力却看不到改变的可能。

就是这沿河而建的巨型市场，支撑起了清迈这座泰国第二大城市的日常生活和游客的吃喝玩乐。平河现今已无繁忙的运输船只，但这些市场的丰盛货品和如梭人群，让人完全可以想象船运时代河流上的繁忙交通。大河撑起了历史文明，却渐渐隐身于现代交通网络的背后。

色情业：
弃欧投美与
特色旅游

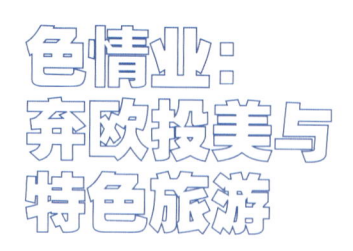

某日华灯初上，从塔佩门出发胡乱走了一条路回城南的住所，经过一个街区时旅伴忽然拉了拉我——只见穿着暴露性感的男男女女站立街头，照面时毫无犹豫地抛来了招徕生意的目光。当时不知道我们经过的是清迈红灯区 Loi Kroh 路，只是有点诧异怎么白天经过时正常的小路到了夜晚就"染色"了。虽说清迈并没有泰国最著名的红灯区，但这次偶遇也让我看到了泰国发达的性旅游产业之一隅。

泰境内服务于本国的性产业，早在阿瑜陀耶王朝（Ayutthaya Dynasty, 1350—1767）早期就发展起来了，当时主要以妓院为经营形式。18 世纪，移民大量涌入，迎来一波蓬勃发展的浪潮。而泰国现今发达的主要服务于外国人的性旅游产业要追溯到越战时期。

泰国是东南亚唯一没有被殖民过的国家。在 16 世纪以后，欧洲殖民势力逐渐进入东南亚，菲律宾与印度尼西亚先后成为西班牙、荷兰的殖民地。19 世纪，英法进入中南半岛，经过三次英缅战争，缅甸变成英属印度的一个省；越南、老挝与柬埔寨则受到法国的殖民，成为法属印度支那。当时的暹罗（今泰国的前身）夹在英法殖民地中间成为一个缓冲区，经过不断的外交迂回努力，在殖民时代结束之前保持了主权的独立，但也不可避免地成为殖民经济的一个组成部分。西方人带来了威胁也带来了机遇，整个统治精英阶层经历了一个"西化"的过程，欧洲所有"进步"的事物和观念都纷纷在暹罗出现。一直到第二次世界大战以后，美国崛起并深度介入东南亚事务，在美苏冷战背景下，泰国（暹罗于 1949 年更名为泰国）成为美国在东南亚遏制共产主义的一个经济和军事基地。弃欧投美这段历史的副产品之一就是泰国发达的性旅游产业。

第一个红灯区于 1966 年出现在曼谷帕蓬，几家夜总会专门招待在越南作战的美国大兵前来度假和休闲。第二个红灯区则是 70 年代中期曼谷的牛仔街，名称源于——其中有一家酒吧的老板是一位经常带着牛仔帽的美国人。而后的几十年，在政府的支持下，曼谷、芭提雅、普吉岛等地出现了众多服务外国游客的色情酒吧、按摩店、妓院等性旅游场所。尽管卖淫在泰国是非法的，但是政府却长期采用"欲拒还迎"的态度来处理此事，其中最重要的一个原因是——旅游业逐渐发展为泰国经济的支柱产业之一，而性旅游是泰国旅游业最独树一帜的"特色"。性旅游的"贡献"并不仅仅局限于从业者的收入，其本身和相关领域所产生的收益把资金从消费者转移到当地企业，也经由从业者的家庭网络从城市转移到农村——性经济深深地嵌入了泰国整个国民经济和生活中。

世界银行 2023 年 11 月发布了一份名为《缩小差距：泰国的不平等与工作岗位》（*Bridging the Gap: Inequality and Jobs in Thailand*）的报告，指出 2021 年泰国的基尼系数为 0.433，位居东亚和太平洋地区最高，全国 10% 的富裕阶级占有了国家一半以上的收入和财富。2020 年曼谷的人均 GDP 是东北地区人均 GDP 的 6.5 倍。巨大的地区经济发展不平衡，成为落后地区的"打工人"来到旅游城市从事性产业的一大原因。美国学者罗纳德·威兹（Ronald Weitzer）在《泰国性旅游：走进亚洲顶级情色乐园》(*Sex Tourism in Thailand: Inside Asia's Premier Erotic Playground*)一书中指出,东亚地区的家庭观念赋予泰国年轻人以在经济上支持父母和弟弟妹妹的义务,性工作者会把钱定期汇到他们的老家,这些钱在用于自己家庭消费的同时也支持了地方经济的发展。大部分在旅游行业从事性工作的人都来自泰国东北部伊桑地区,这个拥有全泰 1/3 人口的地区是泰国的贫困之最——贫困率是其他地区的 2 倍、负债人口高达 90%。

其中最大的贡献者(受害者)是女性。人们总是觉得奇怪,为什么作为一个佛教国家,泰国人对于性买卖的容忍度如此之高。凯文·贝尔斯(Kevin Bales)在其著作《用后即弃的人》(*Disposable People: New Slavery in the Global Economy*)中写了这样一段话,或许可以解答此类疑惑:

> 宗教为买卖女儿提供了两个重要的理由。受泰国佛教的影响,女性的价值被看作远远低于男性。举例来说,一个女人是不能够开悟的,而开悟是虔诚的最高目标。在存在阶次上,女性也要低于男性,作为女性,她只有极为小心才能期望来世能够重生为男人。更有甚者,为了能够进入投胎转世,女性必须承受前世悲惨罪恶的生活。在被记下的佛陀的建

议中，他告诫自己的徒弟要小心女人具有的危险：她们肮脏、淫荡而腐败。在佛教徒的作品中，卖淫会遭受惩罚；佛教的清规戒律列出了十种妻子，前三种分别为"用钱买来的、自愿住在一起的和偶尔被享用的"。在这些教义中，并没有"性是一种罪恶"的观念；相反，性被看作对身体与自然世界的依恋，对痛苦与无知世界的依恋。这意味着如果你必须性交，那就尽量让它显得与个人无关。

泰国佛教传递了面对生命的苦痛，必须学会接受与顺从的核心思想。那些发生在个人身上的可怕事情，到头来成了个人的自作自受，是为了偿还今世或前世的罪孽。不管发生什么都是个人的宿命，是他的因果报应。为了达到开悟时的安定，个人必须学会静静地全盘接受生命的痛苦。对于一些泰国孩子来说，生命中的痛苦就包含了被迫卖淫。也许，她们会为自身遭受的虐待抗争，但大多数已经自我放弃，实现了一种奴隶制的心理学……[1]

佛教造就了泰人平和性格的同时，也固化了女性的"劣等"地位，加上来自社会经济基础的各种原因，女性的身体被迫持续作为商品来为家庭和社会创造

---

[1] 凯文·贝尔斯：《用后即弃的人》，南京大学出版社，2019年，第32页。

价值。当这种商品属性和价值上升到一定的程度，就自然催生了"人妖"这类主动变性的群体，以期将身体最大限度进行商品化，部分穷苦人家的男性亦被卷入了性经济之中。凯文·贝尔斯所说的"奴隶制的心理学"不论在经济上还是文化上都具有非常根深蒂固的基础。

讽刺的是，性交易在泰国其实是违法的，1960年泰国就通过了《禁止卖淫法案》，1996年又出台了更为严厉的《禁止和惩治卖淫法案》，但该法案在泰国从未真正落实执行。这又一次说明了德国著名法学家耶林的观点，不被实践的法律条文是死的，纸上的法律并不能够成为一个国家法治文明程度的衡量标准。

除了那天晚上误入 Loi Kroh 路，平日里在清迈逛街吃饭常常可以看到这样一种组合：白人中老年男子和泰国中青年女子，有的看上去很生疏，有的则很亲密。这是泰国旅游提供的一种性与爱的复合服务——租妻。租妻时限长短不一，短的几天到一个星期，长的几个月甚至可能是一辈子。这种将"婚姻"完全协议化的项目，有时候也会催生一些真实的情感。但是多数时候，"夫妇"们看上去十分不协调。一日在湖畔的一家露天餐馆吃晚餐，邻桌的一对面无表情地对坐着，机械地自顾自地吃饭，全程无交流，感觉十分尴尬。用一种寂寞去填补另一种寂寞，这样的商业模式显然颇有市场，经常出现在街头巷尾，这实在让人困惑。不可否认，以买春为目的的游客占比相当高，看多了见怪不怪，同时也时常会感到惊奇：这样一座不大的城市里竟然能够容纳这么多形形色色的欲望和诉求。

《泰国性旅游：走进亚洲顶级情色乐园》封面照片

小书店：浮躁处处在，安定书店寻

我一直在想，为什么一座让人能待得下去的城市，一定需要有这么几家有意思的书店？不需要很大，但要让人有点儿心灵归属感。生人城市总是充满了躁动和新奇，激情澎湃随处可寻；而当我们想要安静下来去进行一些重要思考的时候，书店就会浮现在脑海。书架上的一本本凝结着智慧的书召唤着我们，让人觉得随时都可以靠近、可以对话、可以从中找到一些全新的看世界和看自己的角度。浮躁处处在，安定书店寻。

古城传奇：THE LOST BOOK SHOP。FIND IT HERE, BUY IT HERE, KEEP US HERE. NO SHOWROOMING. THANK YOU.——角落书架上贴着这样一句话，让

THE LOST BOOK SHOP

我驻足良久,心里感受到震动。每个书店人的心里大概都有这样的宣言,但很少有人会把它如实写出来,直白地告诉顾客:在书店买书才能留住书店。也许就是基于这样的直接和坚持,THE LOST BOOK SHOP 在清迈古城已经停驻了三十多年。

店主乔治是一个低调的传奇,据说几十年前他背包旅行来到清迈的时候钱花光了,于是想着怎么才能生存下来。他把自己在都柏林的四千册藏书运到了清迈——都柏林果然是文学之都——开了一家小书店,然后竟然就在这里扎了根,从壮年到满头白发。同为书店人,这样的心境我多少可以理解一点,书店是一个神奇的存在,一旦你试图把它变成一种生活方式,

Bookshelf Contents

Shelf 1 — Jack Kerouac
- Jack's Book
- Jack Kerouac — The Beat Book
- Jack Kerouac — Trainsong
- Off the Road
- Jack Kerouac
- Think Like a Monk — Jay Shetty
- Book of Blues
- Unnamed Thoughts
- Graphic Moments

Shelf 2 — Jeffery Deaver / Lynda La Plante
- Jeffery Deaver — Edge
- Jeffery Deaver — The Never Game
- Jeffery Deaver — The Midnight Lock
- Jeffery Deaver — The Skin Collector
- Deaver — Vanished
- Deaver
- Deaver
- Lynda La Plante — Unholy Murder
- Lynda La Plante
- Lynda La Plante — The Dirty Dozen
- Lynda La Plante — A Face in the Crowd
- Lynda La Plante — Silent Scream
- Lynda La Plante — Backlash
- Prime Suspect 2 — Lynda La Plante
- Prime Suspect 3 — Lynda La Plante
- Lynda La Plante — Blood Line
- Lynda La Plante — Hidden Killers
- Lynda La Plante — Tennison
- Lynda La Plante — Deadly Intent
- Lynda La Plante — Cold Heart
- Lynda La Plante — Cold Shoulder

Shelf 3 — Ruth Rendell / Harlan Coben
- Ruth Rendell — Master of the Moor
- Ruth Rendell (multiple)
- The Keys To The Street
- Thieves Will Be Prosecuted
- Harlan Coben — Live Wire
- Harlan Coben — Home
- Harlan Coben — Win
- Harlan Coben
- Harlan Coben
- Harlan Coben
- Harlan Coben — Caught
- Harlan Coben — Hold Tight
- Harlan Coben — Promise Me
- Harlan Coben — Long Lost
- Harlan Coben
- Harlan Coben

Shelf 4 — Ian Fleming / Scott Turow / Carl Hiaasen
- Ian Fleming — Live and Let Die
- Ian Fleming
- Ian Fleming
- Licence Renewed — John Gardner
- Quantum of Solace — Ian Fleming
- Personal Injuries
- The Laws of Our Fathers
- The Burden of Proof
- Scott Turow — Limitations
- Scott Turow
- Scott Turow
- Scott Turow
- No Middle Name
- Che Guevara — The Motorcycle Diaries
- Carl Hiaasen

Shelf 5 — Lee Child / Chris Ryan
- Lee Child — Jack Reacher
- Lee Child — No Plan B
- Lee Child — Persuader
- Lee Child
- Lee Child — Blue Moon
- Lee Child — The Midnight Line
- Lee Child — Never Go Back
- Lee Child — Make Me
- Lee Child — The Visitor
- Lee Child — Personal
- Lee Child — The Sentinel
- Lee Child — Past Tense
- Lee Child — Hunter Killer
- Chris Ryan
- Chris Ryan — Outbreak
- Chris Ryan — Death
- Chris Ryan — Extreme Silent Kill
- Chris Ryan — Night Strike
- Chris Ryan
- Chris Ryan — Dogs of War
- Chris Ryan

Shelf 6 — Vince Flynn / Robert Ludlum
- Flynn — Pursuit of Honor
- Flynn — Term Limits
- Robert Ludlum — The Geneva Strategy
- Robert Ludlum — The Ares Decision

THE LOST BOOK SHOP

就会发现很难找到比它更吸引人的事情。从一个看书人转变为一个卖书人,最重要的是相信书一定可以给别人和这个世界带来一些有价值的东西。

THE LOST BOOK SHOP 坐落在热闹非凡的塔佩门附近,周边一片燥热喧腾,然而只要一只脚踏进门,心跳一下子就慢了下来。不大的面积像一个排档一

样完全朝街道敞开，里面的每一堵墙上都是满坑满谷的二手书，让人叹为观止，我这个不怎么喜欢逛二手书店的人也不由得爱上这里。图书的种类异常多样，从流行小说到冷门艺术，随便一转身就会遇到惊喜，实在让人很意外。收银台附近有个楼梯，可以脱了鞋去二楼，楼梯上也都摆着各种图书一直

THE LOST BOOK SHOP

延伸到二楼的书室,里面非常安静,可以坐在地上随意在书架或者盒子里取出书来阅读,好不惬意。二手书店贵在沉淀,这里的好些书都上了年纪,见证了一代又一代作者和出版人对题材的独特嗅觉和想要传递某些特定讯息的欲望。

等我从二楼下来,乔治正在收银台摆弄几本书,他的泰国太太从我进来到现在一直在静静地擦拭书架上的书,默默地践行着"时时勤拂拭,莫使惹尘埃"。作为一家二手英文书店,THE LOST BOOK SHOP 店面的整洁度和图书的干净程度简直让人感动,之前我只有在京都的一些二手书店才看到过这样的一丝不苟。我没有上前去说话,内心秉持着一种敬意,我想这样的日常就是书店最美的样子。

LOCAL 偶遇:RAN LAO。我曾是一个旅行规划控,一定要事先做好一个表格,恨不得把一日三餐都安排妥贴。去任何一个城市,我都会在表里写上几家书店,通常都是做过功课的。随着年龄的增长,表格还在,留白却多了,人也放松了下来,常常会放弃原来的计划只是随便走走。有时候就是这样胡乱地走着,一家计划外的书店会突然出现在眼前,默默地在街角等我推门进去。RAN LAO 就是这么遇见的,藏在宁曼路闹市区一扇暗红色的门里。如

ร้านเล่า

RAN LAO

RAN LAO

果说 THE LOST BOOK SHOP 透露出的是"书痴开书店"的气息,那么 RAN LAO 给人的感觉就是"生活在书店"。

门口随意地摆放着木头椅子、绿植、明信片架、邮筒,虽然没有显眼的招牌,红色的门框和窗框让人在街对面就看到了它。如果不是因为拍了照片,我竟没发现红色橱窗的木框上每一个长方形格子里都刻了不一样动作的"小人儿",不知道是当地的一种图案还是店主的精心设计。推门进去仿佛进入了另一个安静闲适的平行时空。店面不大不小,没有过度装饰,一切都刚刚好。虽然满眼都是泰语图书,却丝毫不影响我一架一架看看猜猜的热情。看不懂内容就看形式呗,一样很有趣。图书美学在这里得到了相当大的重视，大部分书在装帧设计上都显示出不凡的品位。配合店铺的整体风格，架上有很多艺术和生活类的选品。书之外，也贩售一些审美产品，如明信片、笔记本和一些布艺的生活用品，选品一如图书一样有自己特定的审美取向。稍微查了一下资料，惊讶这家书店已经开了近二十个年头，如果地址一直是在宁曼路的话，我就十分羡慕，并且疑惑：是什么样的人群支撑起了开在黄金地段却很 local 的独立书店？

这家店另外还有一种若隐若现的"女性"氛围，当然我不是指当天遇到的店员是一位女生，而是指书店的整体空间设计、陈列和选品，都散发着娴静、文雅的气质，让人感觉在这里是被包容的。这种氛围也不是能够随意塑造出来的，而是通过综合性的呈现与来访者所交互出的一些情绪联结，这让我暗暗惊讶。更令人神往的是，收银台后面的一扇门后可以看到通往二楼的楼梯——不禁引发想象，楼上该不是店主的住所吧？这也太棒了吧。

多年前的一个雨天，我脱离家族旅行的大部队，一个人去到京都一条小巷子里的"诚光社"。书店的小大和 RAN LAO 非常相近，除了好书好空间，诚光社里最触动我的是楼梯口摆放的两双拖鞋，楼上就是店主夫妇的房间。住在书店里，在家里开书店，慢条斯理、与世无争，这大概是世界上最令人向往的一种生活了。我一直觉得一家书店的最高境界是：你来或不来，我就在这里。你来，我和你聊聊书聊聊人生；你不来，我和自己聊聊书聊聊人生。好书店不用很大，就能容纳下一整个宇宙。

第二次到 RAN LAO 已经是半年后，这一次对它的了解又进了一大步——因为遇到了店主 Ja 小姐。果然不出我所料，这是一家"女性"的书店，由 Ja 的姐姐创办，现在主要由 Ja 来打理。而楼上呢，并不是我想象中的住家，之前做过其他用途，目前空置着，姐妹俩住在不远的乌蒙寺附近。Ja 是一个看上去又文静又活泼的女子，跟她说话的时候她正在做订书表格，闲谈间她说很喜欢和书在一起的生活，所以每天的这些经营琐事正是她的乐趣所在。终于也问清楚"RAN LAO"原来是"讲故事"的意思。Ja 姐妹想要讲述什么样的故事呢？有机会想要听听她们二十年的书店故事。

不时有一些中国游客推门进来了，因为全店没有中文书，大家最后都只买了一些文创产品。虽然不远处就是一家新开的中文书店，但是在这样黄金位置，如果能够展示一些中文书，销量一定不会差。

而 Ja 好像并不是很在意书店能够有多少盈利，我猜想这里的租金一定并不贵，日常的销售足以应付开支，这样的轻松状态真是令人羡慕。Ja 随手在名片上画了一个圆圆的可爱头像递给我，我没有名片可以给她，只好在她的小本子上写上了我的信息。名片这类纸物正在从我的身边慢慢消失，美其名曰环保。约好了下次再见，我回去后尝试寄了一些中文书给她。

离散华文：飞地书店。判断华人在一个地方扎根有多深，只需要看看这里有没有华文书店。书店在文化沉淀的厚厚土壤中才能孕育出来，匆匆忙忙的来去并不足以让一家书店得以生发——抱着这样的认知，当我来到飞地，完全没想到它是一家刚刚开业了几个月的书店，我以为它一直都在这里。好奇怪的感觉，也许是因为我内心觉得清迈本就该有一家华语书店的，毕竟不论在是泰国还是泰北，华人都是非常庞大的一个族群。

飞地书店开在清迈公共图书馆旁边，图书馆门口有一座泥塑，是一个捧着书笑得合不拢嘴的小女孩，特别生动。再往西走几步就是飞地，书店门外是一条不太适合步行的大马路，这个选址要么就是想毗邻图书馆，要么就是没有想太多。而通常，想太多

清迈公共图书馆

了反而开不了书店,这类经济前景丝毫不明朗的创业最初可能就是一时冲动——世界上的很多书店就是这么来的。第一次去没有注意是周一,吃了闭门羹,隔天又去终于得以入门。

2023年4月,台北飞地书店的创始人在清迈举办了的一场活动,结束后大家相聊甚欢一起吃火锅。席间几个女孩跟她说想在清迈开一家书店,问她有没有兴趣把飞地开到清迈来,飞鸽传书了一阵子,大半年后,清迈飞地就这么开业了。

从台北开始,飞地的"离散"性质已经开始显现。书店以 Nowhere 为英文名,试图让人们在无处可去时(nowhere),安住此时此地(now here)。清迈飞地由在清迈偶遇的华人女性共同创建,点题了 now here 的重逢你我。为什么会是书店?我总是在想这个问题。书店承载思想,不仅在书架上安静的书本里,也在人来人往的流动中。飞地书店的选书具有很强烈的文化共同体意识,各种主题活动将常住和旅经清迈的华人吸引到这个小小的空间,共享难得可贵的公共生活,变离散为重聚。

经过一番调查,华语书店并不是没有在清迈出现过,却还没有一家华语书店能够在清迈长时间地扎下根来。尽管华人在泰国和泰北根基深厚,但许多早期

移民过来的华人已经完全融入了泰国文化,他们的后代很多人已经不再会说中国话。随着泰国旅游业的发展,以及各项吸引人们常住政策的不断推出,新一代来到泰国的华人喜欢这里的原因,更多地变成了对一种无压力生活方式的推崇。越来越多的人不只是来到这里旅行,而是来这里短居、常住甚至养老。清迈飞地书店的在地经营人就是旅行到清

火锅店左边的飞地书店

迈，觉得不想走，然后就常住下来的年轻人。这样生发出来的书店，许是过客，但也说不定反而具有独特的生命力，毕竟已经开了三十多年的 THE LOST BOOK SHOP 也是这么来的。一个城市如果非常适合生活，那么它一定也非常适合开书店。

南奔：
坐着火车去女王国

"Lamphun? Lampang?"

大约是有很多人买错了车票，售票员再三跟我确认要去的是南奔还是南邦。9 点 30 分发车，19 分钟抵达，5 泰铢的票价，Local 408 在站台上等候着。热浪已经全然来袭，看还有一点时间，我赶紧小步跑到车站门口的简餐店买了一杯每天必喝的碎冰美式，然后坐上旧式的火车去往如今的南奔小城——曾经辉煌灿烂的哈里奔猜。

泰国铁路共有四条主要线路，从曼谷出发，东北线、东线、南线的终点分别抵达老挝、柬埔寨、马来西亚边境，唯北线止步于北部山区南麓，将终点设置在第二大城市清迈。这条铁路也是泰国最早开始建设的铁路线，于 1891 年由拉玛五世宣布动工、1896 年通车。实际上早从 1855 年开始，已在暹罗的西边和南边建立了印度和马来西亚殖民地的英国，就试图游说当时的拉玛四世和五世建设一条从安达曼海通往暹罗湾的铁路，以扩大英国在暹罗的影响力。两位国王先后婉拒了维多利亚女王的提议，最后独立在欧洲委托铁路工程师帮助暹罗修建从曼谷到泰北的铁路，从而加强了中央政权对泰北的控制力。

Local 线老旧到让人错觉穿越到了某个古早的时空，蓝色与橙色的车身搭配相当泰国，车厢里呼扇呼扇着老式吊扇，人不多，自由地坐着甚至躺着，相机随意一拍就是一张剧照。和清迈的日常一样，外国人与当地人和谐地在一个空间里面相处，互不干扰。

中途经过了几个更小的站，不一会儿就到了南奔。南奔火车站和清迈站一样，以暗橙色为主色，配以同色系的其他或深或浅的颜色，站内非常整洁干净，眼前的一切看上去协调舒适，让人心情放松甚至流连，不愿马上离开。买好了回程票，又打探了这条线路的其他目的地，这才优哉游哉地离开车站，步

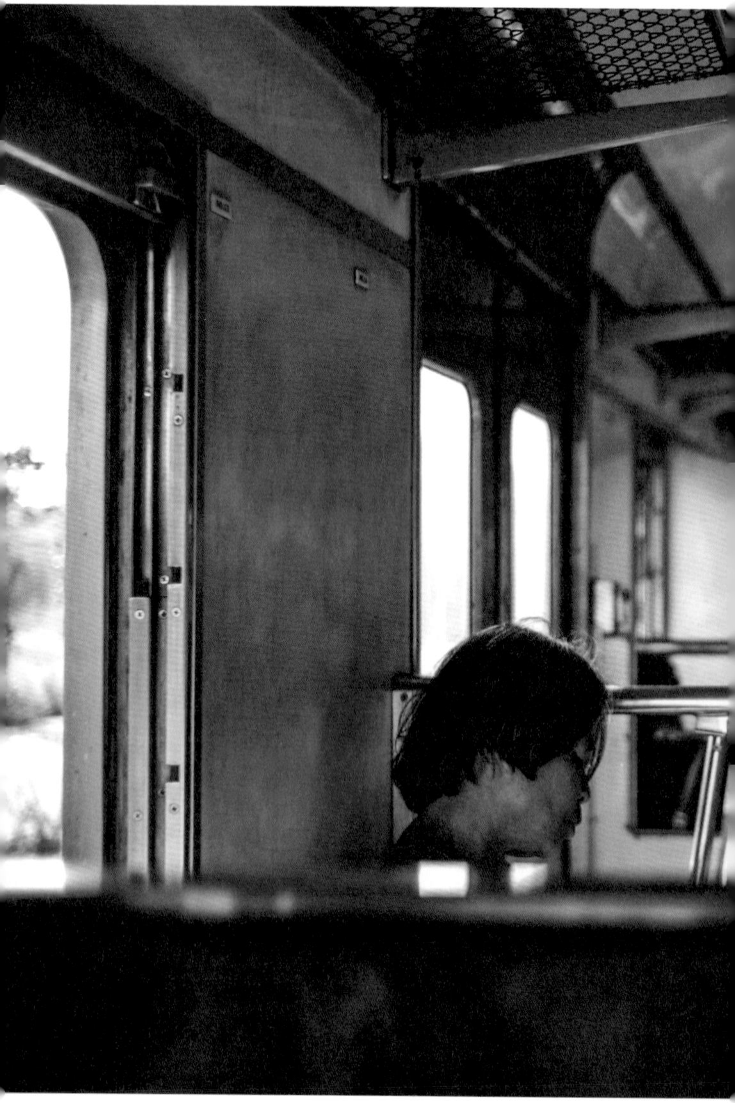

Local 408

入大太阳底下打算沿着一条乡情浓郁的小路 Sun Pa Yang 步行到南奔城。沿路无任何大型建筑，低层居民住宅夹杂了少数小商业和一些公共建筑，比如标志着华人聚集区的水尾圣娘庙、一座公共墓地、政府机构楼、图书馆，当然也少不了金碧辉煌的佛寺。

烈日下大约走了两公里,穿过更精致一些的低矮住宅区,终于走到了古城门口。

如今的南奔只是清迈附近一座小小的附带旅行城市,但历史上的哈里奔猜来头可是不小,某种意义上,其可以称为兰纳文明的一个"前传"——佛教经由哈里奔猜对兰纳产生了重大的影响,并最终在清迈发扬光大。

公元3世纪,印度阿育王派遣僧团到金地(今缅甸、泰国某地)弘扬佛法,被认为是佛教传入东南亚的起点。当时湄南河流域比较强大的是孟人(孟高棉语民族的一个分支族群)建立的政权,他们在今曼谷以西先是建立了堕罗钵底,然后又将统治范围向北扩展到哈里奔猜。

在若干史料和佛教文学作品中记载了这样一段哈里奔猜的"建国史":8世纪来自堕罗钵底国罗斛(今泰国中部华富里)的一位名叫占玛黛薇的公主,受到哈里奔猜地区当地拉瓦头人的邀请,带领婆罗门教师、佛教僧侣、侍从以及各行各业的熟练工匠北上哈里奔猜国为王。玄奘在《大唐西域记》中提到过堕罗钵底,他在印度获知该国与印度有交往,佛教文化发达。而唐、宋、元三代的中国史籍中,都有对"女王国"的记载,学者根据该国存续时间和地理位置进行推测,女王国就是哈里奔猜,得名于建国女王占玛黛薇。

从地理位置来看,哈里奔猜是泰北平河、匡河两河流域最富庶的地区,北部山区的货物可经沿平河运往罗斛，而罗斛靠近暹罗湾，可以与海上交通往来。优越的经济地理位置，自然也使得哈里奔猜成为孟人很早就接受的佛教文化的重要传播地。

佛教在东南亚传播的历史，某种意义上也是佛教在东南亚与王权结合进行社会控制的历史。统治者很快就发现，相较于地方性的原始宗教，佛教的普适性和宗教性都远胜于前者。从占玛黛薇开始，哈里奔猜就一直在大兴佛寺，据说占玛黛薇时期就建立了500座佛寺（数据比较可疑），她的儿子继位后，也极为重视佛教的传播，大力修建佛教庙宇。著名的占玛黛薇寺（Wat Chamathewi），就是在女王故后，其子玛罕塔约为了纪念她而建立的，建塔之后女王的骨灰被埋在了宝塔当中。女王国从8世纪持续到13世纪，历史长达500多年，孟人所接受的上座部佛教从此在清迈—南奔盆地奠定了深厚的根基。一直到哈里奔猜被兰纳征服，泰北佛教中心就从哈里奔猜逐步转移到了清迈，孟人的佛教文化被兰纳王国的泰庸人继续传承、发扬光大。

（泰庸人的称呼与他们迁入泰北后所在地区——庸那迦Yonaka这个地名有关。Yonaka是一个梵文词语，是借用了古印度原有的地名，实际在古印度西北部，即今天的阿富汗境内。泰人深受印度文化的

哈里奔猜寺的苏瓦纳佛塔

影响，所有地区、佛寺的命名皆是借用古印度地区和佛寺的名称以显示其神圣。）

刚过旺季，只有我和旅伴两个人在哈里奔猜古城的主街上闲庭信步。古城的色彩早已消失殆尽，两旁的建筑更新迭代到了如今的旅游商业样貌，倒是也有些别具一格的风味。大约和清迈古城一样，旧时的哈里奔猜留下的只有海螺形的护城河道，提示着依匡河而建城的初衷。当初芒莱王征服了向往已久的哈里奔猜，但并未设都于此，显然是因为这座城的面积有点小，难以满足都城的需求和权力的野心。

没几步路，就走到了城中央的哈里奔猜寺，照例又是绚丽繁复。哈里奔猜寺始建于 897 年，最早是国王为了供奉佛陀的头发而建的一座佛塔——现中央佛塔，现存的其他宫殿式建筑群于 1044 年始建、1443 年重建。相较于金碧辉煌的中央佛塔，西北边的苏瓦纳佛塔（Chedi Suwanna）的造型更富有美感，这座砖塔高 46 米，承继了孟人更早的堕罗钵底建筑风格，占玛黛薇寺里也有类似的砖塔建筑。

转到某个大屋檐下避暑，坐在台阶上，正好看到对面的大殿门口放着大大小小几十只鸡的雕塑，原来是因为哈里奔猜寺为鸡年本命寺。泰北有 12 生肖专属的寺庙，泰国人认为每个人一辈子至少要去自

泰北 12 生肖寺庙 & 位置

属相	寺庙	位置
蛇	界遥寺 Wat Chet Yot	清迈府
马	班达寺 Wat Phra Borommatha	来兴府
羊	双龙寺 Wat Phra That Doi Suthep	清迈府
猴	帕塔帕侬寺 Wat Phrathat Phanom	那空拍侬府
鸡	哈里奔猜寺 Wat Phra Haripunchai	南奔府
狗	可卡戎寺 Wat Ket Karam	清迈府
猪	敦山寺 Wat Phra That Doi Tung	清莱府
鼠	宗通寺 Wat Phra That Sri Chom Thong	清迈府
牛	南邦銮寺 Wat Phra That Lampang Luang	南邦府
虎	索海寺 Wat Phra that Cho Hae	帕府
兔	赛杭寺 Wat Phra That Chae Haeng	楠府
龙	帕辛寺 Wat Phra Singh	清迈府

12—13 世纪俗人头像
哈里奔猜国立博物馆

己的本命寺拜一拜，对于游客来说，看到大殿门口俏皮的鸡，比总是看到狰狞的龙要亲切得多。泰国的十二生肖和中国不一样的地方，一是排列顺序不同，以蛇为始龙为终；二是泰国的龙是受到印度文化影响的"那加"，即上文提到的"狰狞的龙"——虽然对于我来说有些欣赏难度，那加已经被列为泰国的国家标志。

哈里奔猜寺对面就是哈里奔猜国立博物馆，想要了解这座城池的历史自然必须得去瞧一瞧。博物馆虽然不很大，但藏品超过 3000 件，按不同的时期分布在 4 个房间。距今 4000 多年前的一些史前物件，包括条纹绳、弓箭筒、战斧、磨石斧以及与丧葬有关的祭品等，说明此地很早就有人定居并且开始从事农业生产。在雕塑作品中，有一件 12—13 世纪的俗人头像令人印象深刻，从头部装饰物来看这是一位贵族，美妙之处在于平和、适可而止的微笑——虽然不是佛像，但面部表情和佛像是一模一样的，一旦人性与佛性相通，相由心生的外在就与佛相去不远了。

离开南奔前的最大惊喜是主街上随意拐进去的一家名为"南奔泰国鸡饭（THAILAND Chicken Rice Lamphun）"的小吃店。泰国男店主长得白白胖胖，

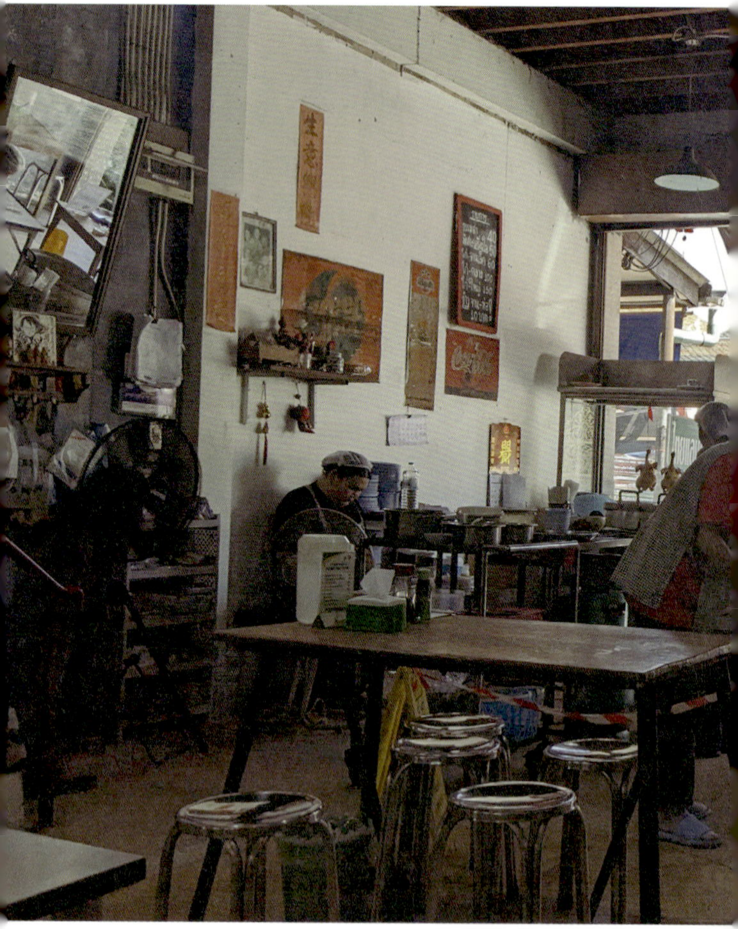

THAILAND Chicken Rice Lamphun

懂英文又热情,给我们推荐了白切鸡和炸鸡双拼饭。并没有事先做功课,原本只是到了饭点随便吃个东西,谁知道一入口就惊艳了,很久没吃过这么香嫩的鸡肉,和工业流水线养出来的鸡完全不是一个味道,简单搭配泰国米饭,完美无缺。白切的嫩滑,炸过的香脆,一份鸡饭两种感觉,吃不过瘾又点了一份汤鸡爪,酥软入味。在清迈还没有偶遇过这样好吃的鸡饭,不知道是否是因为南奔的鸡有什么特别的说法,即便全无,店主在鸡年本命寺附近开一家鸡饭餐厅,也是颇有心意。

泰北的生活让人觉得很适意的一个重要原因是,只需要有基本的分辨力,餐厅里食物的原材料都吃得出天然的味道,而且并不需要花很多钱。就像这家鸡饭,人均消费也就是20元人民币左右,吃到的美味物超所值。一顿简单的好饭,就可以为一段旅程添加令人难忘的味觉记忆。

吃饱了饭一下子懒怠了,再没力气在烈日下步行两公里返回火车站。在鸡饭店主的指引下,于隔壁小巷子口打了两个"摩的",嗖嗖迎着热风,不一会儿就回到了南奔站。回程的车上对面坐着一对白人母女——其实不太确定是否母女,只是猜测——各自边上竖着一个巨大的行李箱。两人应该是沿着北线铁路从曼谷过来的，令人不禁想起小时候和妈妈两个人坐慢速火车几十个小时去探亲的旅途，沿路会碰到很多风景很多人，发生很多有趣的故事，当然也有钱包被偷之类的颓丧事件。母女二人热络地一起开始嗑瓜子，一边有的没的聊着天，这样的惬意让人想要搭乘这趟车南下曼谷，看了看时刻表也只需要 13 个小时，下次一定来。

佛寺：佛教在泰北

清迈到底有多少佛寺？当我找到 300 这个数字的时候着实还是惊讶了一下，虽然佛寺在这里随处可见，但是在前文中已经说过，清迈其实是一个小城市。如果我们将清迈的 300 座佛寺对比超级大都市曼谷的 400 座，这种密集度就更令人惊讶了。

古城佛寺漫行

清曼寺（*Wat Chiang Man*）。清迈古城拥有的著名佛寺最多，来个一日漫行是必须的。早起从城南步行到古城，在塔佩门内街角咖啡馆喝上一杯后，避开大路，过街直接步入了羊肠小道，一路上住家和商业混杂，各种"马杀鸡"、咖啡馆、小餐馆林立，巷子里时常跑出来家犬。走了十几分钟就来到了古城北部的清曼寺。古城的道路除了几条大路比较平直，其他的路都是无规律曲折的，随意走起来就处处有惊奇，走着走着不知不觉从南门进入了寺庙。

空气中飘着静谧的味道，大殿的南边有一棵巨大的鸡蛋花树——佛教的"五树六花"之一，花期超长——一树白花夺目。原本只是一棵枝杈繁茂、生机勃勃的老树，树下却刚好有一家三口在休憩聊天，愉悦的生活气息扑面而来，让人不觉放慢了脚步。寺庙的整个院落都很闲适，与俗届并没有泾渭分明的感觉，走到正门口照例有卖水果的小摊贩在招揽生意。到对街的 7-11 买了瓶水，从正门（东门）重新打开清曼寺。

清曼寺是清迈所修建的第一座佛寺。芒莱王建清迈城，彼时佛教已经在泰北扎根，自然需要修建佛寺来护佑，于是就在城北修建了这座寺庙，同时也作为国王的临时行宫。

泰北佛寺的大殿一般正对着入口，走进去，清曼寺大殿的奢华山面就出现在眼前——多层遁落式屋顶，以金箔、彩色玻璃等材料镶嵌装饰。在清迈古城，走几步路就会有一座佛寺出现，还经常都在修

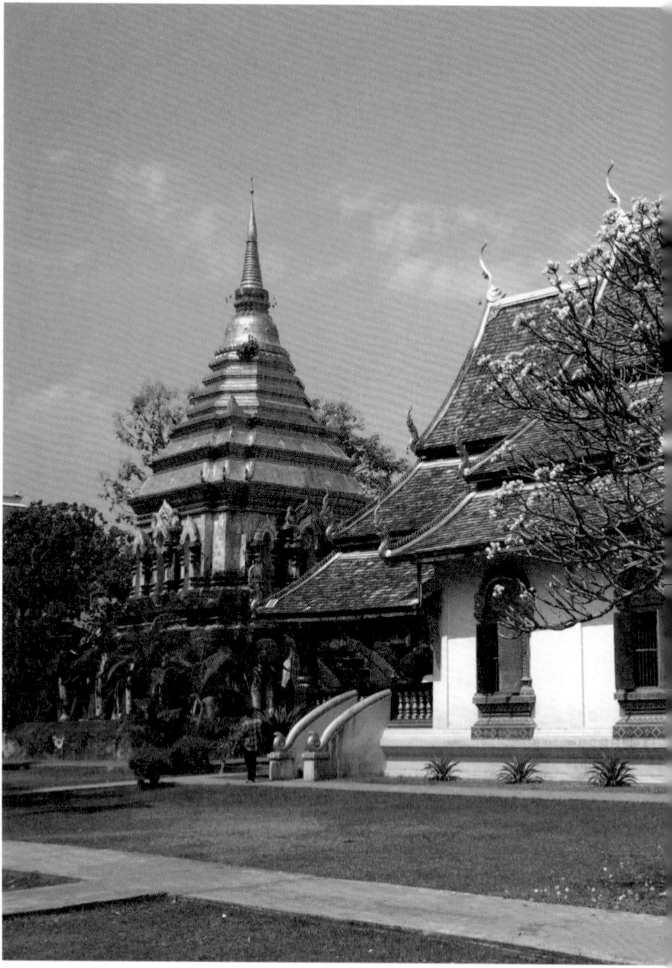

清曼寺主殿 & 象驮佛塔

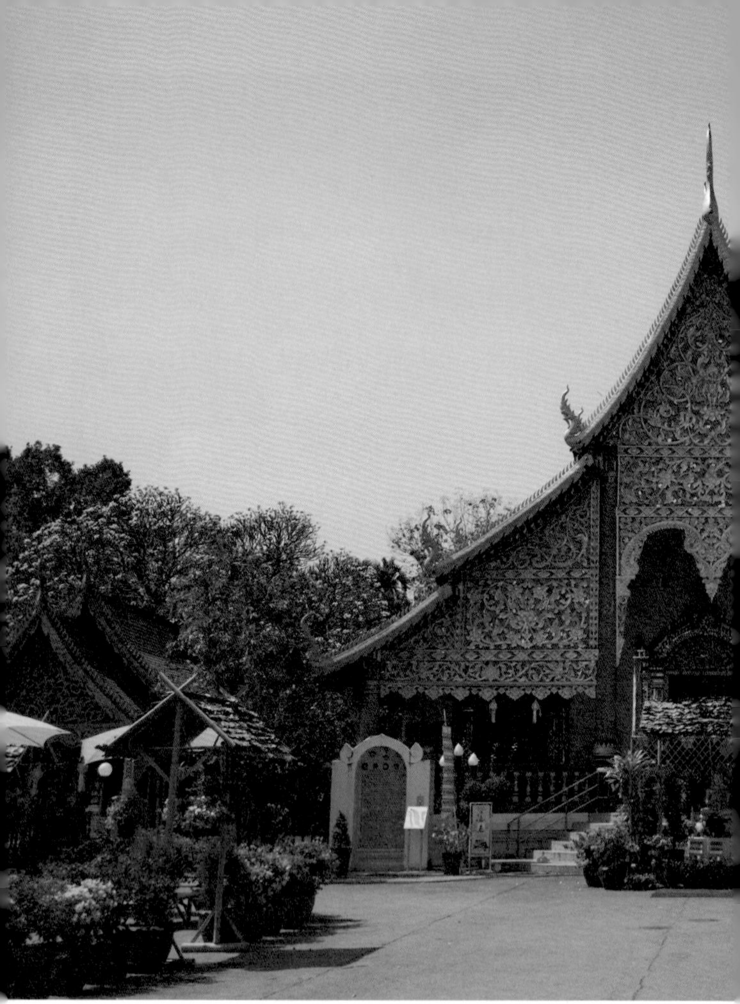

清曼寺主殿山面

茸中，其中最引人注目的工程就是这山面的精美镶嵌，好像要让人们在进入佛寺的第一个抬眼间就感到炫目，其复杂的程度的确让人赞叹，看多了也不会觉得雷同，每一面都有各自的特点。错落的屋檐尾部照例装饰有金翅鸟"迦楼罗"（Chofa），它是印度神话中毗湿奴的坐骑。

大殿和寺庙一样朝东开门——清迈的佛寺都朝东，朝太阳升起的地方、朝平河——这一朝向的定位应当是受到了印度佛教建筑的影响。佛教从印度始发传入亚洲各地时，也将思想之外的物质承载形式——佛寺建筑——向外传播。佛寺朝东，在印度是一个普遍的建设原则，主要与太阳的东升西落有关。有意思的是，这项原则并没有对中国的北传佛教寺庙产生影响，大部分中国的寺庙都坐北朝南。究其原因，大约是佛教传入之时，中国已经具备了一套非常成体系的礼制建筑传统，同样是与太阳的运作轴线有关，中国选择的是"尚南"。公元前2世纪的《春秋繁露》中就写到"阳气始出东北而南行，就其位也，西转而北入，藏其休也"，认为太阳在南达到最盛，万物随之而盛，所以南在四向里是最优越的朝向。佛寺作为一个外来的建筑品种，来到中国就被纳入了传统礼制建筑的体系，其朝向一般也是遵循坐北朝南的原则。

进入大殿照例是要脱掉鞋子的，进门就感受到殿内东西向的纵深很大。和北传佛教的大雄宝殿一样，大殿是最主要的礼佛场所，但其布局与北传佛教大大不同，呈纵向，纵深要大于面阔。这一点和同样一般遵循东西朝向的基督教堂是相似的，纵深大的空间让人进入后立刻感受到一种幽深的神秘宗教气息，加上窗户和门都不大、透光率很低，人在相对黑暗的环境中自然会变得收敛和小心翼翼。现在室内是有电灯的，但也没有设置很密集的光照。大殿供奉着坐姿释迦牟尼雕塑——清迈的佛寺一般只供奉释迦牟尼，也会出现一些得道高僧的雕像，另外常出现的还有泰王的照片。佛像和后墙之间有过道，围绕佛像形成一个完整的绕行回廊。佛像亦朝东，这一点和基督教堂是不同的，后者的主入口通常在西面，神像亦朝西。古罗马的《建筑十书》中提到，朝西的目的是让信众祭拜时，得以面向日出的东方，同时，东方也是耶路撒冷的方向。

清迈佛寺和中国常见的递进式多重院落的形式不同，一般就是一圈围墙围合起来的大院子，佛寺的中心是大殿和佛塔，其他的建筑按需排布。穿过大殿就是清曼寺极富特点的象驮佛塔，白底金顶，基座有 15 头和真象一样大小的石雕大象，虽然年代久远斑驳残缺，但依然相当宏伟壮观。在婆罗门教的世界观里，须弥山是世界的中心，佛教承继了这种观念，而佛塔就成了须弥山的象征。

清曼寺最珍贵的其实是侧殿供奉的两尊古老小佛像，一尊是高 20 多厘米的大理石佛像，据说来自 8 世纪的锡兰古国（今斯里兰卡），清迈民众每年四月初都会将之请出巡视各地，认为其有祈雨的力量；另一尊是高 10 厘米的水晶佛像，历史更加久远，据说造于罗斛时期，辗转去到哈里奔猜，然后被征服者芒莱王得到，由于其经历多次战火仍保持完好无损，因此人们认为该佛像可以消灾。

帕辛寺（Wat Phra Singh）。从清曼寺出来往西行，经过善灵素菜馆简单吃一份美味的菌菇饭，饭后往南散个步一会儿就走到了帕辛寺。刚看过小巧的清曼寺，感觉帕辛寺就特别大，果然它就是清迈规模最大的佛寺。这座佛寺由芒莱王朝的第五位统治者帕育王（King Phayu）初建于 1345 年，用以供奉其父坎福王（King Khamfu）的骨灰，最早的时候取名为帕清寺（Wat Phra Chiang）。1367 年，据说来自斯里兰卡的泰北最著名的佛像"狮子佛"（Phra Phuttha Sihing）被供奉在这里，寺庙便更名为帕辛寺。从芒莱王与素可泰兰甘亨大帝交好开始，素可泰所信奉的斯里兰卡大寺派佛教也对兰纳产生了影

响，与兰纳所承袭的哈里奔猜孟人上座部佛教，一同形塑着兰纳独特的佛教文化和佛寺。

Phra Phuttha Sihing，Phra 是敬语前缀，Puttha 就是 Buhha 的巴利文和泰文音，Sihing（音"辛"）在巴利文、梵文和藏文都是相同的发音，意思是狮子。这尊佛像之所以被称为 Sihing，是因为斯里兰卡又称狮子国，所以佛像名称的意思就是来自狮子国的佛陀。斯里兰卡的"狮子国"称呼源于传说：一说斯里兰卡的僧伽罗人是斯里兰卡第一位国王 Vijaya 王子的后裔，他们的祖先是一头狮子；另一说是 Vijaya 王子来到斯里兰卡的时候带着一面狮子旗帜，从此以后狮子标志就在斯里兰卡的历史上扮演了一个重要的角色。狮子佛在泰国一共有三尊，清迈这尊佛像的佛头早年被砍掉偷走，现在接上去的是复制品，另外两尊分别在洛坤府和曼谷。

狮子佛被供奉于佛塔南边的来康佛殿（Lai Kham），该殿据说是在 1367 年为了供奉狮子佛而建造。步入殿内即被其精美细腻的木雕和壁画所震撼，木雕窗上以红底金色描绘了佛的各种样貌动作，每一面都是不同的生动飘逸。壁画的内容则是释迦牟尼在世事迹的情节剧描写以及泰北人的生活日常，人物表情丰富，充满了地方风俗色彩。这些壁画是在19世纪20年代由当时清迈的统治者Dhammalanka王子赞助而创作，尽管目前有些部分被涂抹毁坏，但依然可以看出画家所倾注的巨大心力和时间。

帕辛寺最有特点的建筑是进门右手边的藏经阁。在清迈佛寺中所能见到的藏经阁一般都不会很大，因为上座部佛教严格遵守原始佛教的教义，只将最早一批巴利语佛经奉为真经，将所有真经印刷成册也不需要很大体积的书柜进行收纳。而在北传佛教中，有很多产生时间较晚的经典也属于真经，所以佛经的数量要多很多，故而藏经阁的规模相对较大。帕辛寺的藏经阁是兰纳风格建筑的杰作，被誉为泰国最美藏经阁之一，始建于1477年。建筑有两层，上层是柚木建造的，柚木是泰北重要的经济资源，据说比石材的耐腐蚀性更强，属于少数几种蚂蚁不会注意的木材；外墙涂红漆，饰有褪色镀金的花叶状图案，以贝多罗叶（刻在贝多罗叶上的佛经称为贝叶经，起源于古代印度，后随南传上座部佛教传入斯里兰卡、泰国、缅甸、中国西南边疆地区等地）为载体的佛经就保存在这一层。下层则以石头建造，最精美的部分是墙壁和角落上的20个小天神（Devata）浮雕，大多都是虔诚的祈祷姿势，角落上的几个则生动地边跳舞边将莲花举过肩头。小天

帕辛寺来康佛殿的壁画

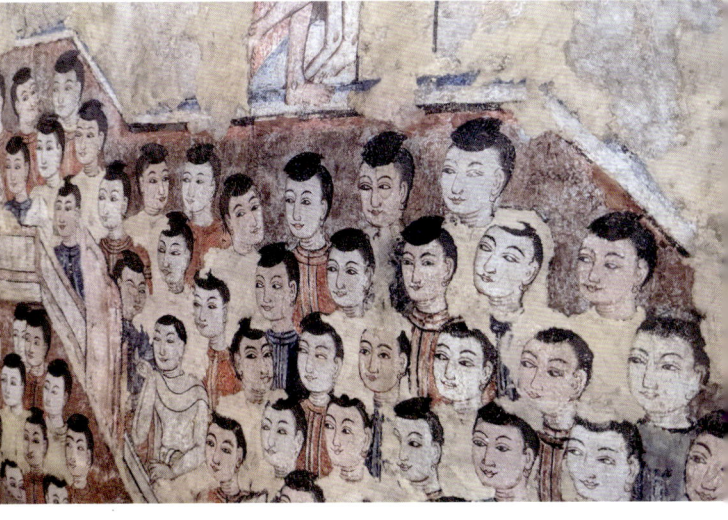

神浮雕也出现在帕辛寺的其他建筑上，它们和动物雕塑往往是清迈佛寺里最生动可爱的雕塑。

藏金阁的对面是一所学校，门前竖立着一块用泰文、兰纳文和英文书写的木牌"兰纳语言、习俗和文学学习中心"。在近代之前，上座部佛教的男性从小就要出家，在佛寺中学习，佛寺兼具宗教中心和教育基地的功能。泰国佛寺中设有世俗学校是拉玛五世僧伽制度改革的一项内容，1885年拉玛五世下令让佛寺办学，那时的西式学校尚未普及，佛寺办学实际上是普及基础教育的一项举措，很多家长就把孩子送去佛寺办的学校里接受初等教育。而这所教授兰纳文的学校在清迈也是很特别的存在。兰纳文是兰纳王国使用的文字，随着泰北被曼谷政权兼并，兰纳文作为一种地方性文字在近代逐渐走向衰弱。清迈古城内仍有许多用兰纳文书写的匾牌，但能阅读的人已经聊聊无几。帕辛寺的兰纳文教学是免费对社会开放的，给大众一个通过兰纳文来了解泰北独特历史的途径。

盼道寺（Wat Phan Tao）。盼道寺是误入的，原本计划去契迪龙寺听晚课，差不多时间了就往那个方向走，走到最后一个街角，已经传来了晚课的钟声，马路右手边出现了一座非常漂亮的纯柚木佛殿，于

帕辛寺藏经阁

帕辛寺中生动的小天神雕塑

盼道寺的晚课
© 芥末

是跟着一众游客就从大门脱鞋进去了。"The Seats For Monks Only"的牌子分割了僧人与俗人席地而坐的区域，只见 4 位橙色长袍僧人从佛像的后面一一出现，其中一位小和尚手里还拿着将要诵读的经书，显然是刚入寺修行没多久。众僧面向佛像坐下后，就开始了晚课的内容——完全听不懂他们在诵读什么。我找了一根柱子靠着，似乎预料到一时半会结束不了。在俗人的区域，前排领衔坐下了一位非常精瘦的白人女性，正坐，双手禅定印，显得后面坐着的人都十分松垮，再往后就是进进出出的流动人口了，有的只在门口看了几眼就离开了。

第一次正式参加晚课，当僧人开始诵读时，声音仿佛变成了一种磁性的微型颗粒，不断在空间里面来回穿梭。诵读时字与字发音之间的间距基本不变，仅有音高的不同，频率变化甚小，故而听上去心如止水、无欲无求。声音对人的影响是潜移默化的，想必日日诵经可以让人心绪平和。

大殿南边整齐地摆放了 108 个铁钵，代表了人生在世所有的 108 种烦恼，晚课期间不时有人将硬币一个一个投到钵中，代表消除这人生中的 108 种烦恼。传来的声响并不大，潜入僧众的诵经声中，形成某种呼应。整个晚课持续了将近 1 个小时，4 位僧人中最小的那一位中途就已经坐得东倒西歪，我回头看一眼，正坐的白人女子依然端正地坐着，与来时毫无变化，不禁有点肃然起敬。等到僧人一一离开，我才开始仔细看这座全柚木大殿。

大殿由 28 根粗壮的柚木柱支撑起来，除了地基和底部，殿身其他部分的材料也都是柚木板。佛寺始建于 14 世纪，Phan Tao 是 "一千个火炉" 的意思，这里曾经是为隔壁的契迪龙寺以及泰北其他佛寺烧造佛像的地方。现在这座全柚木大殿的木材，来自 1867 年王室重建王宫时从旧宫拆下的木料。这种全柚木的佛殿在清迈十分少见，也是我在古城里面最喜欢的一座佛殿——其他的佛殿多金碧辉煌，唯这里古朴而庄重。进来时，大殿门口的山墙特别漂亮，柚木外装饰着精雕细琢的镀金花卉窗帘式样构件，窗帘上面镶嵌的玻璃镀金雕刻很奇特——一只孔雀伏在一只狗的上面，孔雀是兰纳王室的象征，而狗可能是某位国王的生肖。

契迪龙寺（Wat Chedi Luang）。从盼道寺的大殿出来，很快就发现自己误解了这里是契迪龙寺，只是因为两座寺庙刚好毗邻——庆幸自己的误解能力挺强，不然按照我的性格，大概率会放弃这里按原计划到契迪龙寺去听晚课。看着夕阳已经露出端倪，想要去看一看契迪龙寺的日落，便赶忙再往前走几步进了大门。入门首先遭遇了女性歧视，左手边"城市之柱"神殿外的告示上写着：

> 城市之柱是清迈的国柱神庙，在神殿的底下供奉着很多神圣的祭品，受到泰国人特别是清迈人的崇拜，可以说是城市的支柱中心。因为女性会来月经，如果女性进入会使得城市之柱的神力遭到损害，所以有禁止所有女性进入该殿的规定。此外，衣冠不整以及对城市之柱不怀敬意的男士，也不该进入城市之柱。如果违背以上规定，将会造成社会的不安定。

好的，不让进也罢，虽然这大概是契迪龙寺内最重要的一个地方。城市之柱的前身是"勐柱",泰语中的"勐"近似于"城邦"的意思,是泰北早期社会(通常意义上的统一国家出现之前)的政治单位,其原型是在山间盆地中发展起来的,最初的"勐"通常是一个坚固城镇,作为城市发展初期的一种形态被村庄环绕。勐柱是泰北原始宗教信仰的核心崇拜对象,在祭祀勐柱的时候,要把雨神请入勐柱之中。对农业生产来说,求雨是一件极其重要的事情,所以勐柱被视为一个城市的灵魂。尽管佛教在兰纳王国统治泰北大部分地区后,很快就成为国家信仰,但包括勐柱在内的一些原始宗教信仰并没有被排除在人们的精神世界之外。

清迈在泰庸人建立兰纳王国之前,曾经是土著拉瓦人的领地。传说该地恶鬼横行、民不聊生、饿殍遍野,天神帕英生悲悯之心,在此地变幻出了黄金、白银、宝石三口宝井,曾经的荒地也因此成了富庶宝地。不料,宝地的富庶被外族觊觎,天神帕英又派遣两位夜叉为拉瓦人掘得勐柱,安置于勐中心,镇守三口宝井。勐柱的神力把外敌都变成了商人,归顺了拉瓦人。拉瓦人要商人们发誓:止恶扬善、持戒清净、忠诚。但因一部分人违背誓言,两位夜叉携勐柱返回天界,三口宝井就此枯竭。有位长老预言拉瓦人的家园即将覆灭,拉瓦人急忙问长老解决之道。在长老的指引下，拉瓦人铸造了一口巨型铁锅，在其中放入 110 对男女塑像，埋入深坑，再于地面重造一根勐柱，并举行仪式祭祀，如此躲过了亡国厄运。

泰庸人继承了拉瓦人的勐柱信仰，芒莱王建清迈之时将勐柱移至城中心，其后人在契迪龙寺建成之后，就将勐柱移到了此地，于是就有了这非男勿入的"城市之柱"神殿。勐柱信仰也与佛教结合在一起，勐柱的祭祀逐渐全部由僧侣来完成，成为清迈重要的佛教仪式，一直延续至今。每年 5 月中旬，契迪龙寺会举办一年一度的"城柱节"，泰北人聚集在这里，祈祷和平、幸福和繁荣。

身为女性不被允许一探城市之柱的真容，那就往里去看看大佛塔吧。清迈的每一座佛寺都有一座佛塔（Chedi），只有契迪龙寺（Wat Chedi Luang）叫作"大佛塔寺"（Luang 的意思是"大"），只因为这里拥有清迈最大的佛塔。大佛塔始建于 1391 年，建成时高 82 米，底层直径 54 米；1545 年，清迈发生一次大地震，大佛塔顶部 30 米倒塌；1990 年联合国教科文组织和日本政府出资重建大佛塔，但未修复成原高，而是如今看到的 60 米左右的高度，且保留了残缺。这一次的修复也因建筑风格更像泰

契迪龙寺的大佛塔

契迪龙寺的龙脑香树

国中心文化区而少了兰纳特点而被诟病。走到大佛塔之下就明白了其"大"的原因——体量和普通佛塔不是一个级别的,像是一座小山,是一座可以容纳人进入的建筑。巨大的方形基座上留存了几座残破的大象雕像,四面皆有台阶通往塔的内部。东面的神龛中曾经安放过一座珍贵的玉佛,塔身因地震倒塌后不久,这尊佛像被移去了琅勃拉邦。1995年,又在东面神龛中移入了原玉佛的复制品。

夕阳与残缺的建筑最为登对,太阳周而复始在这里出现、消失,时而照耀着盛极一时的文明,时而又见证了倒塌和衰败。在时间面前,没有什么东西是永恒的,有的只是对永恒的想象和不断竖立起来的各种各样的"纪念碑"。

坐在夕阳里,环顾四周,寺中最有生命力的是三棵擎天的龙脑香树。在当地的传说中,这三棵树是城市的重要保护者。科学家研究发现龙脑香科植物在白垩纪中期起源于非洲,先扩散到了印度,再扩散到与东南亚气候相似的地区。只要时间够长,任何生物都有可能经由大海或陆地来到世界上任何一个适合生存的角落,文化也一样,佛教已经不是印度的第一信仰,却在这里生根发芽,主宰着泰国人的精神世界。

素贴山上"世外桃源"般的古寺

清迈夹在平河与素贴山之间,依山傍水,地理位置绝佳,除了古城,素贴山是另一处佛寺林立的圣地。

乌蒙寺(Wat Umong)。抵达乌蒙寺的时候已近傍晚,车子在山间小路上蜿蜒了半天才抵达这一处清幽所在。看过了古城寺庙的繁华,这里的空寂让人的呼吸不自觉慢了下来,生怕打扰到清修的僧人和身边的一草一木。朴实无华的建筑错落地在山坡上排布开来,这些建筑并不是主角,高大古老的树木、铺满地面扫不尽的落叶才是。偶尔出现一位看似远道而来的黄袍僧人,带着一路的风尘往山上走,颇有一种"深山藏古寺"的意境。

很多树上都挂着木牌,上面以英语或泰英双语写了一些句子。比如:"Without good done in this life, it is useless hoping for heaven in the after life."(生而不为善,想要身后入天堂乃是徒劳的。)又如:"Nothing is permanent. Things come in and go out."(没有任何事物是永恒的,一切都在时间里来了又走。)一边走一边读着这些智慧的句子,不免常常会低下头陷入沉思,再一抬头已经来到了"大殿"的门口。

这"大殿"竟然是一座砖砌的隧道，这也是乌蒙寺名称的由来（Umong 是隧道的意思）。除了清迈缔造者芒莱王，兰纳王国有很多君主都非常热衷于佛教，乌蒙寺的著名隧道就与其中一位披耶格那王有关。说是 1368 年兰纳有一位精通巴利文佛典的高僧月光长老在乌蒙寺修行，但是这里白天访客很多、香火很旺，影响到了他的修行。披耶格那王得知此事后，就下旨在乌蒙寺靠山的地方开凿了一条通往长老僧寮的隧道，让长老白天人多的时候可以在隧道里修行而不被打扰。这位月光长老呢，也没有辜负国王的好意，终于成就了圣道圣果，成为一代宗师。后来，这里就成了著名的修行之地，吸引历代僧人前来仿效。

这个隧道真的十分奇特，类似黄土高原上的窑洞建筑，依山开凿、顶上覆土、拱形受力结构，不同的是墙壁和顶部多为砖砌。隧道朝东开有三个门，分别通往三尊佛像，走进去之后才发现里面的空间非常大，纵横有多条通道，每一条通道的尽头都有佛像。由于光线比较暗淡、湿度较高，所以置身于其中不免有种幽冷的感觉，若非因为有其他游客，一个人待在里面并不觉得很舒适，这么想来当年修行的高僧们在避开人群的同时也避开了阳光，其健康状况令人担忧。一直往后走就看到了室外的阳光，

乌蒙寺隧道外的佛像

后门那里竟然有几只身材健美的鸡在走动,寺里未设置鸡笼而任其自行动作,所以它们看上去没有一点赘肉。泰国出家人可以吃荤腥,所以这些鸡应该是养来供寺院内部食用的。

最吸引我的是隧道外空地上极其随意堆叠的那一大片佛像和石头。它们从哪里来?是谁把它们堆在了这里?大大小小的或完整或残缺的佛像,如此密集却又显得如此荒芜。佛像自然是需要金钱去雕琢的,没有钱的穷人如何积功德呢?堆起一个个石头堆,在大石头上堆中石头,在中石头上堆小石头,就像是一座座微型的石塔。这里的石头堆比佛像要多得多,寄托着无力建造佛塔和佛像的芸芸众生的祈愿。置身于堆堆叠叠之中,夕阳西下,映照出隧道顶上那一座圆形石塔的斑斑驳驳,远处传来扫地僧的扫把和落叶之间永无休止的对话,脑海里唯一挥之不去的事物只剩下了"时间"。

啪啦寺(*Wat Pha Lat*)。从素贴山脚下去往啪啦寺的徒步路线,大概是清迈最轻量级的一条路线了。从僧侣小道(Monk's Trail)的入口出发,只要一直沿着两边绑着"标记"的树往山上走,就可以抵达。这种导航标记是用橙色花纹织物制作而成的,正式的名称叫作"树戒"(Tree Ordinarion),是佛教

僧侣在树上绑的一种辟邪的东西，可以让人们免受危险。虽然这条路依然叫僧侣小道，但现在基本上已经变成了游客徒步路线，僧侣们早已开辟了新的小道，以免被打扰。一路都是泥路，可以想象下雨的时候是多么不适合行走。为了增加阻力，以树干

乌蒙寺隧道外的石头堆

作为台阶横跨在路面上，有些路面索性被巨大的树根覆盖。由于这条路通往的是啪啦寺的后山，因此一路上有很多人下来。

不出所料，不到 1 小时的步行后，就看到了前方的古寺。左手边的一方水塘旁，就是啪啦寺最知名的那座立面有五个拱券的主殿，美到令人惊叹。视觉上的舒适，首先来自其优美的比例，立面的纵横比大约为1：2，拱券的半圆正好位于高度的1/2处，中间那一拱是入口，旁边的四拱则作为窗，拱券之间以装饰性柱型构件分隔，柱与柱之间的距离并非均分，入口处稍宽一些，使得往上渐收窄的阶梯没有显得那么逼仄；其次是纯白的色彩，可以想象当初修好时这是一座多么耀眼圣洁的主殿，岁月将斑驳刻画在立面的每一个角落，沉甸甸的历史感浮现了出来。这座建筑与清迈的其他佛教建筑十分不同，原因是1934年一度被废弃的啪啦寺重建时，是由一位缅甸商人出资的，所以当时重修的包括主殿在内的一些寺内建筑都不免被赋予了一些缅甸佛教建筑的风格。

啪啦寺亦是在兰纳王国的早期开始修建的，它的选址与前文中关于清迈古城白象门的传说有关。国王为了确定埋葬舍利最吉祥的圣地，将舍利子放在白象背上让其自行往素贴山上行走，白象最后抵达了山顶，国王在那里建起了双龙寺，而其中途停留过的地方亦修建了寺庙，其中一座就是啪啦寺，意为"倾斜岩石上的寺庙"。

啪啦寺主殿 & 寺内雕塑

寺内的其他建筑依循山势紧密而错落地分布在不同的高差处，同很多依山而建的佛寺一样，一步一景，尤其是可以利用山上的泉水来塑造独特的景观。主殿的北边是帕啦寺景致最美的一处，在一池清澈的泉水后方，可以远眺清迈城市风光的一角。几个金发碧眼的欧美人盘腿坐在那里，在山里阵阵吹来的凉风中望向远方。

因为是从后山入寺，最后走到了帕啦寺的正门。一看时间还早，决定去山顶双龙寺一探。步行到了环山公路边，却没有车可以搭乘，等了半天一筹莫展时，一辆双条车从山下的方向呼啸而来，立马拦截下来。一路惊心动魄，这辆车没有后门，司机又不知怎的开得很急，我们只能紧紧抓着车顶的扶手才能让自己不被甩出去，像坐过山车般地终于来到双龙寺门口。

双龙寺（Wat Phra That Doi Suthep）。正名素贴寺，因寺前309级台阶两侧有两条长得看不到尽头的"那加"琉璃扶手而亦被称作"双龙寺"。爬了309级台阶，果然又是金碧辉煌的一座，比古城中的那些香火旺盛的寺庙更加热闹奢华，旅游景点的感觉再度浮现。据说建造整座寺庙所使用的黄金总量达到200多千克，安放白象驮来舍利子的舍利塔高达20

双龙寺一角

米，整座塔的身上贴满了金箔和宝石，尽管这样的佛塔在清迈其他地方也很常见，但由于位置在山顶，难以想象当初修建和重修时所耗费的人力。

金乌西坠，玉兔东升，对我来说双龙寺最不可错过的是可以鸟瞰整个清迈市区的观景平台，游客们最终都聚集于此。在晚风中远眺，清迈真的是一座小城，右手边的机场不时有飞机起降，前方的古城在那里已经待了 700 多年，还有这里，还有那里，我感觉几乎可以看到抵达过的每一个角落。

佛教在泰北

佛教之于泰国人的重要性从泰国国旗中就可以看出，那是一面三色旗，其中红色代表国家、靛色代表国王，而白色就代表了上座部佛教。

整个东南亚地区的宗教文化受到来自古印度的影响最大，婆罗门教、上座部佛教、大乘佛教、印度土著密教甚至是传入印度的伊斯兰教，都先后传入了东南亚地区，这些古印度系的宗教思想与东南亚土著原始宗教思想长期交替混合发展。在泰境内亦是如此，一直到中部素可泰王国和泰北兰纳王国的建立，上座部佛教逐步成为具有统治地位的宗教信仰。素可泰为了彻底摆脱高棉帝国的统治，选择了从锡兰直接引进大寺派上座部佛教来构建自己国家的宗教话语体系；而同时期的兰纳，分别受到来自三个地方的上座部佛教之影响，一是哈里奔猜，二是 11 世纪中叶崛起的缅甸蒲甘王朝，三是南方素可泰锡兰大寺派。最终，上座部佛教在泰境占据了主导地位，但泰人兼容并包，创建了属于自己的上座部佛教文化。

上座部佛教之所以能够在泰境广泛传播并扎根，最重要的因素是其与王权的结合，并在该地区形成了政教合一的宗教—世俗统治体系。上座部佛教传入泰境时，从原始部落发展而来的王权统治缺乏体系化的思想、政权组织形式较为松散，而上座部与其他佛教教派尤其是大乘教派不同，极其重律，将僧侣和寺院修行置于最重要的位置，僧伽和僧团的主要职责是恪守戒律、维护佛法。这种严格的秩序要求，正是泰境早期王权所需要的——佛教和王权很自然就形成了一种联盟——国王为僧伽提供保护和赞助，僧伽为国王提供统治的合法性依据。两者的结合催生出了"法王"的概念，即国王需要根据佛法和佛教教义进行统治，相对应的，被统治者国民则也要依据佛法和佛教教义去生活。政权的稳定性依靠全民信教来支持的传统，一直延续到现代泰国。

在泰北，佛教的一个重大影响是兰纳文的产生。据考证，兰纳文字最迟在 13 世纪末已经创立，这种文字又被称为"达摩文"（经文），其最重要的功能就是记录佛经，也就是说它是作为佛教文化传播的媒介和载体而出现的。兰纳文随着泰北人对佛教的虔诚和传播而流传开来，除了记录佛经，也开始被用于记录重要事件甚至是地方志，这些内容大部分被刻写在贝叶（贝多罗叶）之上。有了文字，兰纳就有了自己更为独立的特征，与周边不同书写体系的政权形成了文化上的区分，这种区分因为流传下来的文字而可以被后世更精确地解读和研究。

兰纳文出现源于佛教的使用需求，它的衰落也同样是因为佛教不再需要使用它——却克里王朝收编兰纳后对其进行了僧伽制度改革。16 世纪中后期，兰纳开始受到缅甸的入侵并被缅人统治了 200 年。18 世纪中后期泰境中部的泰人在阿瑜陀耶沦陷后，迅速建立了新的政权——短暂的吞武里王朝和一直延续至今的却克里王朝。在缅人和中部泰人的夹缝中生存，兰纳最终选择了和中部泰人结盟，赶走了缅人，但也沦为却克里王朝的藩属国，19 世纪末成为了当时暹罗的一个省。

暹罗政府加强对兰纳控制的重要手段就是僧伽／教育制度改革。泰北地区数百年的传统教育和中部暹罗一样是以佛寺为核心的，国王计划利用佛寺体系来普及世俗教育，于是要求只会讲泰北方言的僧人到曼谷培训后再回泰北开展教育，从而为正在进行西式现代化改革的国家提供更合适的人才。培训和教育以中部泰语为基本语言，久而久之，在世俗领域和宗教领域，兰纳文就淡出了历史舞台，北部泰庸人逐渐被同化，泰北的佛教系统从此也不再是一个独立的系统，而作为整个泰国佛教系统的有机组成部分。

国王像：
王权的经久不衰

在清迈街头，有一个人无法不被注意到。作为一个商业社会，街头自然有很多广告，其中不乏明星或者知名人士的照片，但是有一个人的肖像无处不在，数量远远大于明星，那就是泰王，除了现任国王拉玛十世，拉玛九世的肖像也随处可以看到。看多了，不禁产生了一个疑问：泰国的国王就那么受欢迎吗？前文中提及王权通过与佛教结合进行统治的传统，这是王权经久不衰的一个最重要的根基。直到今天，泰王的地位依然是"法王"，在佛寺里，泰王肖像通常就放在释迦牟尼雕塑的旁边，每一个叩拜佛祖的人都同时叩拜了国王。

除了佛教的加持，却克里王朝的国王们在西方全面殖民东南亚时期是如何保持自身独立性的？而在两次世界大战前后君主制全面式微的大环境下，又是如何保全了王室的地位并且依然拥有很高民众支持率的？

《安娜与国王》：率先现代化的国王

1999 年，好莱坞推出了一部名为《安娜与国王》的大制作，根据拉玛四世蒙固王时期到暹罗担任宫廷女教师的英国人安娜·李奥诺文斯（Anna Harriette Leonowens）的回忆录《安娜与国王：曼谷皇宫六年回忆录》（*The English Governess at the Siamese Court*）改编。尽管编剧极富想象力地创造了一段暹罗王与英国女教师的浪漫爱情故事，但电影中对 19 世纪中后期暹罗王国的西化程度做了一个比较忠实的还原。这个故事也不是第一次被搬上大银幕，1946 年第一版电影《安娜与暹罗王》没有加入爱情元素，将拉玛四世描写为一个情绪不稳定，行为怪异的东方君主。两个版本都把安娜塑造为暹罗的"教育者"，不仅对蒙固的影响巨大，还启蒙了拉玛五世——当时还是王子的朱拉隆功。

虽然两部电影都带有非常强烈的西方意淫色彩，但

1946 年《李娜与暹罗王》剧照

1999 年《安娜与国王》剧照

《安娜与国王：家庭女教师在宫廷15年》初版

© https://www.roots.gov.sg/Collection-Landing/listing/1244439

蒙固和朱拉隆功作为暹罗现代化改革的先驱，的确是历史上的真实人物。

蒙固是拉玛三世南诰的弟弟，为了避免同自己的兄长发生继位斗争退居寺庙出家多年。他和其他兄弟以及一些年轻的朝臣对"西方"发生了强烈的兴趣，他们接受了英语和其他西方语言的教育，阅读西方书籍，痴迷于来自西方的各种工具、蒸汽技术、天文学等。他继位后，聘用安娜·李奥诺文斯担任宫廷教师，后者初到曼谷，在暹罗官员的府邸看到的已经是一派西化的景象了："多层奢华的窗帘、铺着地毯的宽敞大厅、铜制油灯、各种东西方的古董和现代艺术品……"这些都让她大为惊讶。

暹罗宫廷开始西化的心理基础源于却克里王朝取代阿瑜陀耶之后，市场经济的扩大以及欧洲殖民统治的威胁。夹在西边英国、东边法国殖民者的贸易要求和武力威胁的中间，国王们采取的措施是在巩固王权的同时进行改革。蒙固王掌权后，改革一派的势力占据了上风，他们认为靠贸易保护来应对西方的经济优势是没有意义的，阻止贸易只会制造更多的超额利润和帮派斗争。1855 年，蒙固王同英国全权公使香港总督约翰·鲍林签订了暹罗对外贸易自由化的《鲍林条约》，给予英国公民治外法权，允许英国人通过政府的垄断进口并销售鸦片，自此暹罗的贸易方向从中国转向了当时更为强大的西方，同时西方的各种更现代的制度也伴随着贸易开始影响暹罗。蒙固聘用安娜担任宫廷教师显示了其想要跟上时代的脚步，获得与西方平等对话权利的诉求。

王室的这种诉求在朱拉隆功登基后进一步实施与落实，他在 42 年的统治期间，成功地用民族国家的新模式取代了旧的政治秩序，为暹罗的现代化进一步奠定了基础。作为第一个跨出国门的暹罗王，朱拉隆功进行过两次大规模欧洲旅行，访问了意大利、奥匈帝国、俄国、瑞典、丹麦、德国、荷兰、英国和法国等国。他的 33 个儿子几乎全部都送到欧洲接受教育，这后来成为泰国王室的传统。朱拉隆功在外交方面最大的成功，是在与英法殖民者周旋的过程中，通过一系列条约将暹罗的边界固定成了今天泰国的样子，成为当时介于英法势力之间的缓冲国并避免了被外国殖民。内政方面，他采取了一些民主化的尝试，如建立了内阁并成立了由 12 位代表组成的顾问委员会为他在重大问题上提供建议，基本废除了几百年的奴隶制度和徭役制度等——《安娜与国王》这部电影中有一个情节是朱拉隆功阅读了安娜借给他的《汤姆叔叔的小屋》。

在他的手中，泰国从一个传统的封建国家转型成了君主专制中央集权国家，由国王派遣官员直接管理地方，大大加强和巩固了王权在国家机器中的核心地位。

1932 年立宪革命后：君主制的复兴

尽管朱拉隆功成功地巩固了君主专制，但历史的潮流无法阻挡，泰国终于还是在 1932 年发生了立宪革命，转变为一个君主立宪制国家。国王一度被边缘化，甚至长期居住在国外（拉玛八世继位后在欧洲生活了 16 年），泰国政治在革命党民党内部的纷争以及保皇派对革命的反抗中动荡飘摇。立宪革命的一个深远影响是军方势力的崛起，军方作为泰国政坛一支强劲的力量至今仍然坚挺。然而，因历史的各种巧合与推动，王权在泰国总是能够在危机中成为一种被人民所信赖的力量，在新的政治环境下重新获得某种万众瞩目的地位。机会这一次落到了拉玛九世普密蓬的头上。

普密蓬是朱拉隆功之后另一位极有才能的国王，他的继位发生在 1946 年哥哥拉玛八世中枪死在寝宫之后。作为泰国历史上统治时间最长的国君，总共在位 70 年 126 天，在其治下一共经历了 34 任总理，发生大事件无数，其中展示普密蓬个人统治能力的典型历史事件有这么几个：

1957 年支持军事强人沙立发动政变取代波汶政权。普密蓬继位后的政局依然非常混乱，军方、保皇派和自由主义者对"二战"后新民族主义泰国的控制权争夺异常激烈，军方依靠美国的支持通过政变取得了政权。而军人政权天然的"暴力""强权"与"不合法性"需要通过某些途径去化解，于是一直以来都在民间有着深厚根基的王权就成为军人合作的对象——军人通过取得国王的支持来获得其权力的合法性。普密蓬继位初期，掌权的波汶政府严格限制了国王在公共事务中的职责，规定其只能参与特殊性的仪式。1957 年，沙立与波汶的政治斗争中，普密蓬抓住了历史机遇，选择支持沙立。沙立在政变后宣称"国王为元首之政体"不容许改变，这个选择也得到了美国的大力支持。泰国的君主制复兴了，国王被重新抬高到国家核心的位置，起到团结整个泰国社会的作用。自此以后，王权和军方的联盟成为泰国政治的主旋律。

1973 年支持学生运动推翻了他侬政权。沙立及其后继的将军们施行独裁统治，废除宪法，解散议会，镇压左派共产主义者，禁止所有其他政党活动，对出版物和反对派报纸实施严格审查。1973 年，从 60 年代末期就开始的学生运动发展到了一个高潮，演变为一场 50 万人走上曼谷街头要求制定宪法的示威游行，军政府最终开枪造成了重大死伤。普密蓬选择打开切特拉达宫殿的大门，并接见学生领袖，随后任命了法政大学校长为新总理——又一次成为超越宪法的力量，协调当时四分五裂的国家局面。（然而，三年后普密蓬却允许他侬返泰并酿成了"法政大学屠杀事件"，令他的地位蒙尘。）

1992 年在黑色五月事件中调停了内战危机。差猜内阁在 1991 年被泰国皇家军队推翻后，军方背景的苏钦达成为总理，人民不满，在 1992 年 5 月 17 日至 5 月 20 日上街游行示威，抗议军方统治，军方采取一贯的武力镇压导致大批学生死亡，暴力和骚乱蔓延到其他地区，国家面临内战的危机。普密蓬召见苏钦达、退役少将查龙和请愿学生领袖入宫，并利用电视现场直播了整个过程，最终苏钦达同意下台以避免危机。

实际上，在美国于 20 世纪 70 年代从泰国撤军后，泰国开始寻求一种自由资本主义、有限民主和君主作为道德领袖的政治路线，任何人想要领导泰国，都绕不开国王的支持，而普密蓬国王本人亦非常善于周旋于各种政治势力之间，在危机中总是能够顺应更加具有正义性的历史潮流，从而在他主政期间可以说是复兴了君主制在泰国的影响力。

另外必须要提及的是，王室的权力与王室的财富分不开，要扮演一个人民"父亲"的角色，必须拥有大量的财富来支撑各种善举。泰国王室有多富有？几十年来，在世界各大关于王室资产的排行榜上，泰国王室一直高居榜首，2023 年，在美国数据媒体 Stacker 公布最新的全球王室财富评比中，泰王的净资产高达 300 亿美元。雄厚的资产实力，使泰王可以通过各种慈善活动来扮演"父亲"的角色，在两极分化严重的泰国社会中充当弱势群体保护者。普密蓬一直以"勤政爱民"的形象出现在泰国民众的面前，尤其关注推动泰国农业的发展。

泰国王权的合法性来源自古以来都与"道德领袖"一词分不开，却克里王朝的国王们在统治阶级内部斗争中充当"调停者"，在与国民的关系中扮演"保护人"，辅以庞大的王室资产作为统治的经济基础，王权在泰国的地位难以被撼动。人民也深深体察到王权的作用，国王对于人民来说不只是一个个体，而是能够带来社会稳定的平衡器，对国王的爱戴也是对和平的追求。尽管并不是每一任国王都表现得爱民如子，泰国人民对王室的尊重始终是一种社会共识。

落脚地：
公寓、家庭旅馆、
酒店与禅修中心

基本住宿体验

清迈的住宿是一项"不只是住宿"的体验，城市不大，很多区域都是步行尺度，选择住在哪里就有机会深入这个区域的日常生活，可以完全根据自己的偏好来选择居住的区域和住宿的类型。作为最常见的三种落脚地，公寓、家庭旅馆、酒店分布在大街小巷，选择极多。

先说说公寓。清迈的公寓分为两种，一种是 Condo（英文全称 Condominium），属于外国人在泰国也可以以个人名义购买的房产，每一套房屋都有独立的产证，所以在 Airbnb 上联系房东时经常会发现对方是中国人——泰国法律规定一个公寓项目 49% 的房源可以卖给外国人，出于距离和购买力等原因，在这 49% 中占最高比例的购房者是中国人；另一种是 Apartment，外国人不能购买，整栋楼只有一个产证，房东如果是中国人，一定是长租了整栋楼做住宿经营的。

初到清迈，住在城南的一栋大型 Condo。Condo 一般都有电梯、游泳池、健身房、花园、绿化、酒店式大堂及前台接待等公共物业配套设施。抵达之后，发现这里是完全按照酒店式公寓管理，专门服务于旅行者的，大堂设有各种旅行、租车等游客服务点。住在这里的优点是洗衣做饭相对都比较方便，附近有一家超市可以购买食材，另外就是顶层有一个风景绝佳的室外游泳池——清迈的高层建筑非常少，在泳池里远眺完全无遮挡。这所 Condo 距离古城稍远，但不到 2 公里，途经清迈最大的长康路夜市，所以步行的路上并不无聊。只是说这种小商品和小吃云集的夜市对我来说过于闹猛喧嚣，所以路过的时候只当是一个有人气的背景。

但 Condo 也有一个致命的缺点，因为是公寓，管理参考普通住宅，如果你的隔壁邻居是非常喜欢派对的欧美人，那就会被打扰到；如果他们还喜欢吸烟或者吸食大麻之类的，那就得紧闭阳台门才能免受影响。另外就是很多 Condo 的购买者是明确当作投资的，简单装修下就开门营业接客了，所以室内的装潢可能相当粗糙，只能看个大概，对于可以很简单但不能接受粗糙的我来说，在网上挑选房间（照片和实际差别太大）的难度就不只是一点点了。

如果想要比较当地的住宿体验，古城区域的家庭旅馆可能是一个好选择。住过一个小型旅店，位置在契迪龙寺西边一条相当僻静的小巷子里。房子是在自家的土地上修建的，紧靠着老屋，两层高，木结构，有一些干栏式建筑的特点，介于传统和新式建筑之间。入口很小，在老屋那头找到了管理者——一位美丽的泰国姑娘，英文很流利。姑娘带着我们从户外的木楼梯去了二楼，二楼由外廊连接 5 个房间，把鞋脱在门口进屋。

房间着实非常之小，一张床、一张小桌连着靠墙的衣帽架和微型梳妆台，一间同样紧凑的盥洗室，但是一切都很干净。床上放着用毛巾折叠的大象，还有蚊帐可以使用。房间装饰所使用的材料和纹样都是传统泰式的，感觉就像住在了泰人的家里——这一点比 Condo 要亲切很多。房间里虽然没有座位，但推门出去，外廊即可入座，早起在微风里坐着看书喝茶也是十分惬意的。

因为位置在古城中心，随时可以步行到各处去闲逛或者"马杀鸡"，只是这里不提供餐食也没有可以自行使用的厨房，所以就得外出觅食或者用 bolt 叫外卖。古城里面有很多小型的酒店和民宿，如同一个大型联合国居住社区，随便哪个巷子里都住着来自世界各国的游客，泰人则住在自己的老屋或者新盖的房子里面，身处旅游区，不免加入了各种各样的生意行列。服务于游客的店铺不如服务于泰人的来得有趣，路上但凡遇到一些当地人去的小卖部、小吃店，总是想要进去看看。小吃店经常是卖一些油炸食品和五颜六色的点心，对我的吸引力不是很大。街角有一家很霸气的饼干店让人眼前一亮，店里用统一的金属桶堆叠陈列了上百种不同形状口味的饼干，中间的桌上放着一个电子秤，除此之外别无他物，导致我站在门口不敢进入，仿佛里面是一个异次元空间。

城东是新区，周边环境相对更整洁有序一些，在那里住过一个精品酒店。酒店的位置在平河岸往东约两个街区，于是第一项挑战就是每天得和随处可见的白色壁虎打几个照面。第一天晚上外出

饼干店 & 古城栖息的小动物

回来有点吓到，虽然明知壁虎的益处，但这白色的品种看上去还是令人有点心悸，尤其在昏暗的局部灯光下。还好它们只出现在公共区域，房间里并没有蛛丝马迹。

本来没有抱太大的希望，没想到这家酒店的客房设计和施工质量都很精良，不输我住过的大部分五星级酒店，性价比极高。因房卡失灵，酒店被迫把我们从普通房间换到了套房，平白多了一个大客厅——虽然并不经常在酒店待着。酒店不大不小，却没想到整日也只看得到一位管理者，因为是淡季，只有我们住在这里。那位年约50岁的女性管理者自从接待我们入住后，也不太出现，每天如在无人之境。

喜欢步行，住哪儿就逛哪儿，这里距离平河很近，就经常在河的两岸行走活动。要跨河除了通过与主干道连接的 Nawarat 大桥，北边有一座窄窄的人行小桥可以直接通往对面的瓦洛洛市场。一日从瓦洛洛那头过桥，看到一个装扮时尚的老者牵着一条大白狗与我们相向而行。过了桥经过一家织物商店，推门进去店主不在，一位中国小伙子带着他的大行李箱坐在里面说是帮忙看店——店主出去吃饭了，而他自己下午就要去机场。询问得知这家店的主人

是一位传统手织布的研究者，退休前在清迈大学教
授相关的课程，后来把收藏和自己的织布作品放到
一起，在河边开了这家店。

店里的东西极为纷乱，各种各样的布料和成品堆在
各个角落，楼上还有几间单独布置的展览室，一楼

平河与远处的素贴山

放着一台老式手工织布机，上面是织了一半的布料。
中国小伙子说他在美国工作，实在不想上班了就来
到东南亚漫游，到了清迈遇到这家店就天天来帮着
看店，顺便和遇到的人聊天。谈吐间充满了不安与
躁动，用词与语句总是漂浮在生活之上，这也许是

每个人都经历过的一种阶段，想要表达却始终难以切中要害。过了一会儿，大白狗先回来了，原来店主就是刚才在桥头遇见的老者。到底还是没有买任何东西，因为好东西标价都太贵了，便宜的又都没看上，只是实在觉得这一店的乱糟糟实在是很有风格——河边其他的老屋商店，不管是卖吃的还是卖其他商品，都十分精致有序。

最喜欢的居住区域

清迈市中心没有什么大公园，如果你和我一样喜欢散步，那么住在清迈大学后门素贴山脚下就是最好的选择。这块区域位于两条大路交叉围合往山上去的坡面上，一条是从古城花园门通往素贴山的素贴路，另一条是机场西边的清迈外环路。最佳居住区位于最北边靠近素贴路的地方，闹中取静，步行下坡对面就是清迈大学——清迈最佳散步地。

误打误撞住进了一家中国人管理的公寓（Apartment），整栋楼大约有 20 个房间，兄弟俩经营了七八年一直做团体生意，最近才开始上线 Airbnb。弟弟为了好好做民宿，特地跑去澳大利亚学习酒店管理，并非是去上课，而是在酒店从清洁工做起学习最基础的实操。回来后，他和哥哥两个人开始自己动手装修改造每一间屋子，我们有幸住了他们改造的第一间，很新很舒适。

弟弟的状态已经很清迈了，身上有了泰北人的生活气息，实实在在慢悠悠的，用他自己的话来说就是"生活在这里"，做一些事不是为了急功近利地挣大钱，而是踏踏实实地边工作边生活。聊天时说起他喜欢清迈的原因时举了一个例子，说有一次看到一辆汽车和一辆摩托车擦了一下，两位车主下车后先双双合十鞠躬，心平气和地检查了自己的车子，只有一点小问题就笑着继续合十上路了。这的确也是我所感受到的这里的民风，清迈人都很和气，印象中从来没有见过人吵架，也没有看过剑拔弩张的那种场景，情绪相当稳定温和。在这里待的时间长了，不由自主地也会静下来慢下来，不再浮潜于生活之海的表层。

日出时分是去清迈大学散步的最佳时机，最好在太阳升起前，在晨曦里出门。几分钟就走到了校园里，此时还没有很多车辆，只有篮球场有些许热闹的氛围，其他地方都安安静静。慢慢走到静心湖，在湖边的咖啡厅吃点东西，感觉十分惬意。下午，大学后门的夜市就慢慢开始出摊了，长长的一条街蔓延

素贴路的晨曦 & 清迈大学一角

大概不止一公里，全部都是各种当地食品，有排长队的打抛饭，香喷喷现炸的肉类，各种泰北小吃、水果。中间那家打抛饭是最受欢迎的，动辄就排出几十号人的长队。"打抛"是泰国的一种香料，学名"圣罗勒"，和罗勒、九层塔等同科同属但并不一样，打抛叶的味道比九层塔要稍微淡一些，泰国人用它来做打抛猪、打抛牛、打抛鸡，就是把打抛叶和猪肉、牛肉、鸡肉碎末爆炒在一起，再放上一个煎蛋，伴着米饭吃实在是香气四溢。

另外这个区域在古城和素贴山之间，所以无论上山还是去古城都很方便，甚至步行就可以到达僧侣步道，直接来个啪啦寺徒步。去宁曼路也可以直接步行，途经菜场、清迈大学农学院的有机超市和蔬菜市场，生活相当方便，特别适合旅居。

乌蒙寺禅修

乌蒙寺是我在清迈最爱的寺庙，它坐落在素贴山脚下的缓坡上，环境如原始森林，没有任何金碧辉煌的大殿等建筑，寺中的一切都很随意甚至看上去有些破落。然而正是这样的"原生态"环境，让我去了一次之后就念念不忘。再一次到清迈时，就以乌蒙寺的禅修作为了初始行程。并非佛教徒，只是想来心仪的地点尝试冥想以滋养身心。

乌蒙寺的禅修中心就在入寺后的两百米处。这是一组非常简单朴素的建筑群，由一个接待中心、男女各一栋宿舍楼（女生宿舍底楼是一间冥想教室）、单独的一栋一层楼冥想教室、一个餐厅组成。完全无须预约，即到即登记即入住，一人一个房间——家徒四壁，只有一张铺在地上的破旧垫子、一把塑料椅子，卫生设施都是公用的。

禅修时间可以选择 3—10 日，选择短期的中途可以延期，单次不超过 10 日即可。费用是每日 250 泰铢，包含早餐和午餐，寺庙过午不食（从释迦牟尼开始就有的规则），晚上实在饿允许自行吃点东西。所有的备餐和洗涤工作只有一位泰国大姐负责，因为人不多，她的工作还算是不太繁忙。

我们是下午入住的，所以第二天才算是正式禅修的第一天。吃完早餐后，"新生"在女生宿舍楼下的冥想教室集合，由僧人老师简单教授如何开启冥想的自我修炼，主要包括坐姿、站姿、睡姿冥想的基本姿势，以及冥想与身心的关系，课程大约进行了一小时。因为老师的英文发音有时难以辨别，隔天我们又重复上了一次课才基本弄明白他所说的内容。

除了吃饭、打扫，其他时间主要是自己练习冥想或者自由走动，晚上六点有集体学习唱诵的活动。唱诵由一位尼姑老师带领，以巴利语发音，每一首都有泰文和英文的解释，初来乍到跟不上，但是坐着听也是一项很特殊的体验——很少有机会听到"活"着的巴利语，僧人尼姑们大部分也只是会在唱诵中使用巴利语，并没有能力去阅读和研究巴利语文献。

在禅修期间，交往最多的就是唱诵尼姑老师，她是乌蒙寺最早的尼姑，另外三位都比她晚进此处。第一次见面是出于她的一项需求，当时她需要去僧侣住处找负责人交代一件事情，但寺庙规定尼姑不能够单独去僧侣居住区，所以我们就陪她一起。那天下着雨，三人打着伞走在湿漉漉的寺庙里，过了河右转就到了僧侣居住区。抵达时尚未到中午 12 点，僧侣就餐时间还没结束，所以我们在另一个冥想教室等了十几分钟才去主事的僧侣家。僧侣的住所是一人一栋很简易的小房子，有些看上去很临时，主事僧人家室外有一个会客空间。尼姑和僧侣用泰语交流了一阵，我们就干巴巴地坐在椅子上等待直到她讲完。

这位尼姑老师年逾古稀，小时候因为家境贫穷而被送来寺庙做尼姑。也许是几十年的寺庙生活十分孤寂，所以她作为志愿者来教来自世界各地的禅修者唱诵，非常乐意和人们交流，每天唱诵结束后都会留在教室聊天到很晚，才一个人步行回寺里的住所。离开乌蒙寺的最后一天清晨，我们在山路上步行回寺遇到了她，她低头走着，手里拿着一小盒椰汁，看到我们有些惊喜有些窘迫（大约是实在没想到这么早就遇见熟人），晃了晃手里的那小盒，说回去要做椰汁蔬菜汤。闲聊的几句中，彼此竟生出一些恋恋不舍的情绪，之后对乌蒙寺的念想多了一个具体的人。

乌蒙寺期间除了冥想练习，走遍了整个寺庙，走遍了周围山坡上所有的枝杈小径。雨季的清晨几乎天天下雨，有时运气好黑夜大雨日出放晴，但寺里总是湿漉漉的，踏着拖鞋满脚泥泞，渐渐就习惯了。喜欢去隧道后面的居住区，清早的时候总有扫地僧在打扫自家的小院子和公共小路，扫地也可以是一种冥想，偶尔遇到"不专心"的老僧笑着问我们"Japanese? Chinese?"，体会到他也只是一个喜欢同外界交流的普通老人而已，彼此之间的僧俗距离并没有想象中那么遥远。喜欢去跨河的桥，两座桥中间的小洲上有大树供鸽群栖息，这些鸽子毫不惧人，不时会有来访者给它们投喂一些食物，统统笑纳。只是不好低头往水里看，泥沙污浊的河水中有好多骇人的大鲶鱼。喜欢去寺里的图书馆，极其干净整洁又清净的地方，书架古朴老旧，书亦是如此，感恩有一架英文书，总算可以坐在那里看上一会儿。抽出了一本 *Zen Flesh Zen Bones*——后来在 THE LOST BOOK SHOP 买到了另一个简装版本——每一个故事都充满了禅意。其中一个小故事大意这样：

> 明治早期有一位非常有名的摔跤手外号"巨浪"，他有个特点：私底下无敌，可以把他的老师击败，但一到公共场合，连他的学生都可以把他摔出去。于是他去求助于正落脚于附近一座寺庙的一位禅师。"巨浪是你的名字，"禅师对他说，"今天晚上你就待在寺庙里。想象你就是那些巨浪，把出现在你面前的一切事物统统吞噬。"巨浪就在寺庙的冥想室，尝试想象自己是真的巨浪，一开始他有很多杂念，慢慢地，他越来越感受到自己就是巨浪，随着夜的深入，浪越来越大，冲走桌上的花瓶，冲走了神龛中的佛像，一直到黎明十分，寺庙里只剩下了落潮后无边无际的大海。禅师在巨浪的脸上看到了一种眩晕的微笑，对他说："现在没有任何东西可以阻碍你了。"从此以后，巨浪天下再无敌。

人的意念决定了人的潜能可以浮出水面的程度。冥想是学习控制自己的大脑，从而由内而外控制自己的动作和行为，一旦学会了这种控制，可以较容易

乌蒙寺图书馆 & "31 世纪" 艺术馆

地消除掉每天出现在脑海里的万千杂念，人的行为就不会被情绪所左右，而变得专注和统一。

每天都步行10公里左右，停留期间就把乌蒙寺周边的环境都探访了一个遍。乌蒙寺前的路是山坡上唯一从北到南的通路，连接了素贴路和机场边的主干道。北边通到清迈大学后门，热闹非凡。沿路有一家面包店，几次路过都售空关门了。有一天终于得以进入，店主是远东大学退休女教师，在自己的地上盖了路边小屋，每天做五六十件西点，售完即止。她脸上有着清迈人安居乐业的常有表情，没有焦虑，乐于做一些自己喜欢的小事情。因为土地私有制，清迈人经常在自家的地上做这些小事情——民宿、餐馆、小商店、文创店，甚至是艺术馆。面包店再往前右转就有一家名为"31世纪"的艺术馆，艺术家把自家老屋改成了展览空间来陈列自己的作品，每天大概只有个位数到十位数的参观者，但不影响他创作的热情。

南边沿路往北则有一些有趣的设计店铺、文创园和两座寺庙。其中一座寺庙是泰北最知名的冥想中心——朗奔寺。一日清晨步行至此就进去转了转，寺庙不大，建筑紧凑地连成一片，走到大殿南边，冥想学员正在用餐，有将近一百人，声势浩大——

看了这场剧，心里难受到什么忍受想到这里来游荡。

另一座寺庙已经乘着浓烟腾空。叫醒居委会，跟居民也进去摇摇看，这周围来存些，地上的砖被烧焦来得没滚村七片。有一片区域有门窗被撬坏。

5天的填埋作业就做完了，首都、非行、京阳和阳

生死,虽然看着并非垂暮,但多少有些清冷。匀莱水的晴朗将每一棵以它为中心的树,每一个枝桠林林和散叶中蒸发出来的浓郁香气,流淌泄在他们杂乱而围拢的树根、小路、土地和沉积,一条小路抽一条,没有棚顶的街里,与车水一样,被缓缓地从街头送向心口。

匀莱半城树林中的一棵

图书在版编目（CIP）数据

潇泪私燃记 / 寂寒墓. -- 上海：上海社会科学院
出版社, 2025. -- ISBN 978-7-5520-4718-9
I. I267.1
中国国家版本馆 CIP 数据核字第 2025K9D271 号

书名	潇泪私燃记
著　者	寂　寒
责任编辑	冯　干
封面设计	戚　涛

出版发行：上海社会科学院出版社
　　　　　上海顺昌路 622 号　邮编 200025
　　　　　电话总机 021-63315947　销售热线 021-53063735
　　　　　https://cbs.sass.org.cn　E-mail：sassp@sassp.cn
印　刷：上海雅昌艺术印刷有限公司
开　本：889 毫米×1194 毫米 1/48
印　张：3.5
字　数：89 千
版　次：2025 年 6 月第 1 版　2025 年 6 月第 1 次印刷

ISBN 978-7-5520-4718-9 / I · 569　　　定价：68.00 元

版权所有　翻印必究